半歩の文化論
―― 主にイギリス・アイルランドを中心に ――

風呂本　武敏

溪水社

まえがき

　文学をもう少し広い文脈でとらえ直そうとする動きが活発である中で、ここ10年近くの間、機会のあるごとにささやかな自己変革を志してきた。これらの動きは英語教育の再編とからんで複雑な様相を示している。文学研究自体の自己変革と、外圧として20世紀後半から加速してきたグローバライゼーションの中でこれまでの学問分野の再編統合が余儀なくされてきたことと関連があろう。わたしは自分のしてきたことがどれだけ文化論と言えるのかいささか心もとない。学生のころに紐解いた Edwin Muir の詩集に One Foot In Eden というのがあった。これはご承知のようにミュアーが回復したエデンの恩寵に一歩踏み入れた経験を歌っているが、本書に収録した議論は in と言うにはちょっと厚かましい気がする。one foot from. がせいぜいのところかもしれない。しかし志だけは文化論を目指しているつもりで、それが上のような、まだ入り込んでいない一歩とすでに入り込んでの一歩を意識的にあいまいにしたタイトルになった。もっとも考えてみれば文学研究と文化論の間にそう厳密な境界がある訳でなく、いつとはなく文化論になり、いつとはなくそこから外れるという往来の繰り返しが真実かもしれない。これらの多くは講演や学会発表の形をとったので、幾つかの例外を除けば話し相手を意識したものである。そうした機会に恵まれることは、半ば知らぬ間にある量の発話が貯まることとなる。一つにまとめるとは言いながら、議論は直線的に展開されたというより、同じ円心の回りをどうどう巡りしたに過ぎないかもしれない。大方のご批判、ご叱正を期待するしかない。

　　2002年初夏

　　　　　　　　　　　　　　　　　　　　　　　　風呂本　武敏

目　次

まえがき ……………………………………………………………… i

1. 文学から文化論へ ……………………………………………… 3
2. 仮想現実と媒体解読力 ………………………………………… 21
   (1) 拡散か収斂か ……………………………………………… 21
   (2) 映像化の弊害 ……………………………………………… 23
   (3) 仮想現実に現実変革の活力を …………………………… 25
3. 日本英文学研究の回顧と展望 ………………………………… 27
4. アングロ・アイリッシュ文学の教訓 ………………………… 42
5. ケルト・アイルランド文化の映像性 ………………………… 57
6. 分析的精神の規定性──イェイツ詩を読む悦び── ………… 64
7. イェイツの政治性を考える …………………………………… 89
   (1) 少数者であることの栄光 ………………………………… 89
   (2) 詩の政治性理解のために ………………………………… 99
   (3) イェイツの政治再考 ……………………………………… 109
   (4) 民主主義の成熟のために ………………………………… 118
8. Richard Hoggart 論 …………………………………………… 123
   補足　リチャード・ホガート雑感 ……………………… 141
9. 幸・不幸の感覚は消し去ってはならない …………………… 144
   ──アングロ・アイリッシュの文学の教訓──
10. アメリカ文化論覚え書ノート ………………………………… 162
    ──アメリカニズム、アメリカ化をめぐって

あとがき ……………………………………………………………… 183

半歩の文化論
―― 主にイギリス・アイルランドを中心に ――

1．文学から文化論へ

　1998年土居光知先生の工藤好美氏宛書簡集を編集する機会に恵まれました。
　その書簡の一つで土居先生は工藤先生（一回りも若い学徒）に学問上も人生の問題でもさまざまな助言を与えておられます。その印象的なものの一つに、学者の幸せはよい後継者を見つけられることと学問をするに相応しい環境に恵まれることの二つだと述べておられます。これは書簡という非常に個人的な文章であり、とりわけしばしば漏らされる「貴方には聞いて欲しい」という一種の打ち明け話的文脈の発言であります。
　もう一つの先生の型についての強い印象は深瀬基寛先生で、この先生は亡くなられたときに一間四方の本棚ほどしか書物を残しておられなかったと聞いております。
　一方は学問の伝統が続いて行くことの安心を得たいというだれにでもある気持ちであり、もう一つの方はすべてを捨てて身軽になりたいという願いであります。わたしはアメリカ文化論大講座の方から今回のような機会を設けてやろうというお申し出のあったときこの二つの気持ちの間で揺れたのが本心でした。一つは「貴方にだけは聞いて欲しい」という近しい人だけに向けたメッセージを残したいという気持ち、もう一つは音も無く静かに、言い換えれば教師としての欠点や限界を後には引きずらないという覚悟を守りたい気持ちとであります。その二つのタイプの師のありようを目にする幸せに恵まれたことはありがたいと思います。そして今日のお話しで土居・工藤・深瀬といった先生から得たわたしなりの教訓、二つの流れを私なりに折衷した伝言を残したいと思うので本日のようなありがたい企画をお受けした次第であります。

この禁欲的な在り方については必ずしも先生だけでなく実は優れた文学からも得られるものであります。

　　　　A Coat
　I made my song a coat/ Covered with embroideries
　Out of old mythologies/ From heel to throat.
　But the fools caught it/ Wore it in the world's eyes
　As though they'd wrought it./ Song, let them take it
　For there's more enterprise/ In walking naked.
　私は歌に外套を作ってやった
　踝から喉元まで
　古い神話からの
　刺繍をつけたやつを。
　でも馬鹿な奴らがそれを盗み
　人様に見せびらかした
　まるで自分が作ったように。
　歌よ、呉れてやろうじゃないか、
　裸で歩く方が
　もっと大事業なんだから。

　単純に裸になるのは憧れではあるがなかなか難しいことはご承知のとおりであります。今日はそうした禁欲性、文学や学問研究に含まれた倫理性の問題を、最近の文化研究の流れとともにお話ししたいと思います。
　少し以前になりますがTLS（MAY 27, 1994）にCULTURAL STUDIESの書物について、特集書評がありました。この書評誌に「文化研究」という項目で特集が組まれるようになったのは正確には調べていませんがせいぜいここ10年程度であろうと思います。その評者の一人STEFAN COLLINIは Escape from DWEMSville－Is culture too important to be left to cultural studies？ のタイトルで次の2冊を論じています〔DWEMS

1. 文学から文化論へ

村というのは、DEAD、WHITE、EUROPEAN、MALE（死んだヨーロッパの白人男性の伝統、例えば、プラトン、シェークスピア、ゲーテ）〕

 Fred Inglis: *Cultural Studies* (Blackwell)

 Andrew Milner: *Contemporary Cultural Theory — an introduction*
  (UCL Press)

この特集は本格的な文化論の他の筆者による書評

 Homi K. Bhabha: *The Location of Culture* (Routledge)

 Thomas L. Haskell & Richard F. Teichgraiber III eds.:
       The Culture of the Market (Cambridge U. P.)

 Richard Hoggart: *Townscape with Figures* (Chatto and Windus)

 W. B. Carmochan: *The Battleground of the Curriculum* (Stanford U. P.)

とともに喫煙の薦め、文化商品市場、アメリカの飽食習慣、処刑論などいわゆる流行的文化論の10冊ほどの書物も論じられています。

 Sherwin B. Nuland: *How We Die* (Chatto and Windus)

 Richard Klein: *Cigarettes Are Sublime* (Duke U. P.)

 Harvey Levenstein: *Paradox of Plenty — a special history of eating in
     modern America* (OUP)

 Gerard Early ed.: *Lure and Loathing — Essays on race, identity and the
     ambivalence of assimilation* (Penguin)

 Wendy Lesser: *Pictures at an Execution — An inquiry into the subject of
     murder* (Harvard U. P.)

最初のコリーニの文章は前半が文化研究隆盛の簡単な歴史で、それを以下のAからDの4項目で紹介してみたいと思います。

A）まず文化研究に入る道筋として3つ上げます。
 1) 英文学者として始め、従来の方法に不満をもち、texts の概念の拡大と「適正化」あるいは現代化を求め、media、performance、ritual を含ませる。ex. the tabloid press、soap operas、discourse analysis。

2) 社会科学者として始め、従来の方法に不満をもち、public meanings と private experience の関係の現れに注目。ex. football crowds、house-music parties、tupperware mornings を研究単位に。

3) 主要な不満の確認とその理論化。

社会の権力による抑圧関係の分析と理論化。ex. メディアにおけるゲイの姿の誤報、コロニアリズム論と文学批評の重なり、成功経歴における男権主義者の優位性、学際的解体と再編を促す役割、ex. メディア・コミュニケーション論、女性学、文化研究などにおける研究者の輩出。

70年代、80年代の英国では大学以外の高等教育機関 (non-university institutions of higher education) がこうした新しい学問に対応しました。もちろんそれらのテキスト分析や文化研究は伝統的な英文科で生まれたものですが、その卒業生の受け入れにはこうした理工科大学校(polytechnic——1968年制度化、1978年で30校)などが機敏でした。理由はカリキュラムの伝統の束縛がゆるいこと、学生の要求がより実践的なものであったことなどが考えられます。

B) 文化論の発生源とその後の展開

  Richard Hoggart: *The Uses of Literacy* (1957)   『識字の効用』
  Raymond Williams: *Culture and Society* (1958)   『文化と社会』
  E. P. Thompson: *The Making of the English Working Class* (1963)
        『イギリス労働者階級の成り立ち』

この三つは文化論の嚆矢として言わば古典的な扱いを受けています。

  Hoggart's Centre for Contemporary Cultural Studies = C C C S
   at Birmingham Univ. (1963)
   この研究所の設立は19世紀の神学や古典学の中に近代文学ができたことに匹敵。

  the Frankfurt School (Max Horkheimer and Theodor Adorno)
   アメリカに亡命してナチ支配の大衆心理を研究していた人達が帰国

1．文学から文化論へ

した。
　the Scrutiny group（F. R. Leavis）
　　初期 Hoggart や Williams に影響、彼ら自身が労働者階級の雰囲気の中で生まれ育ち、奨学金で大学教育を受け、卒業後もその出自に関係した成人学級の教育に携わりました。
以上の流れから、特に二次大戦後の民主的な傾向を反映して以下のような特徴が見られるようになりました。
　　文学批評に冒険心（the enterprise）
　　戦後の成人教育の理想主義　the idealism of post-war adult education
　　初期 the New Left 誌のような進歩への楽天性
　　学問的関心の中心に労働者階級の経験を導入
　　大衆の高等教育への進出と奨学金、成人学級
　　不当に隠されてきた労働者・大衆の文化の発見と称揚
それらが新しい文化論を要求しそれを育てる基盤となったのは明らかであります。

C）その後
　60年代以降ヨーロッパ理論の導入と同化
　　Marxism──グラムシ、アルチュセール、フランクフルト学派
　　構造主義、精神分析学、ポスト構造主義
　70年代、80年代　フェミニズムがアメリカで人気の用語。
　　gender and sexuality、race and ethnicity、colonialism and post-colonialism、mass media and popular culture などがキー・ワード
　　一般的には、英国はどちらかと言えばより歴史的、実証的、回想的
　　　（more historical, more empirical, more nostalgic）
　北米は文学理論とアイデンティティの政治学の結合があり、両者は英国では比較的弱い。

D）英米に共通しているのは従来のエリート文化（教養主義）に批判的
　race、class、gender and sexual orientation、この4つが新しいキー

ワードであるが、中では class は比較的論じられない。
文化概念の変化。アーノルド的な「この世で知られて考えられた最上のもの」『教養と無秩序』よりも象徴体系など文化人類学的な考えに人気が集中。
古い教養主義では「通常の生活では手に入らない重要な経験」「時の経過が選り分けたものの貯蔵庫」、「価値ある、楽しめる、平凡でない」「学識と集中と訓練を必要とする」「集積的、非個人的、厳格な学問性」といった記述に代表されるものが中心。
他方「文化研究」は以上のような19世紀の culture の理念を「世界の動きに疎い」「偏狭」と批判し、「より現実的になること」を主張。
秘儀化された文化の独占を許さない——教養主義の中にある歴史的に一特定時代の支配者に過ぎないものの好み——Foucault の言う「疑惑の解釈学」"the hermeneutics of suspicion" によって焦点が移動すればテキストは改めて問い直され、テキストが物事を歪め、そうしたテキストを形成するイデオロギー的圧力を暴露する……。
従って文化研究は周辺化され抑圧された集団の系統的不利益を前景化する。
ただしアメリカの文化研究はともすれば"不満の研究　Grievance Studies"に陥り主題が専ら現在か近過去になる。
コリーニの指摘、「文化研究が自意識的に境界領域研究として成立してきたあり方で最も興味あることの一つは文化研究が歴史学部門から養分を摂取したことも与えられたこともほとんど無いことだ」というのは、日本の状況でも多少は心当たりがある人も多いでありましょう。この不仲は近親憎悪的なライバル意識を伴うが，独自性の利点と関心の限定という欠点を持っています。
以上のような分析は最近の英国の文化論ではほぼ一致した常識のようです。
〔Graeme Turner: *British Cultural Studies* (Routledge, 1st ed. 1990, 2nd ed. 1996) この書物の、英国の文化研究小史の部分でもバーミンガムの CCCS の流れはもう少し詳細ではありますが、ほぼ同じ項目を論じています。〕

1．文学から文化論へ

　このTLSの書評のあちこちに見えかくれすることからも分かるように、文化研究とはイギリスよりもアメリカで盛んな気配であります。しかしニュアンスこそ違えイギリスもその影響や傾向とは無関係ではあり得ないようです。この書評の要点を改めて拾い上げてみると、次のようなことになるでしょうか。

1) 古い研究領域に収まらない不満と境界領域の開拓(社会的条件の変化に対応)
2) 文学研究のより広い文脈での捕らえ方の追求（歴史的、社会的広がり）、contextの拡大
3) 対象textの意味の拡大　the non-literary（映像、平面、音響など）のverbalisation（言語化）
4) 大衆文化（popular culture）の復権、エリート文化（elite culture）の相対化、非アーノルド的価値そのものの相対化
5) mass culture、mass media（メディア論）、mass education——communicationの不安、マス化と伝達の不安
6) 同時代ないしは近過去（contemporary or immediate past）への関心、ジャーナリスチック
7) 非抑圧者の復権と社会の権力関係への関心、post-colonialism文学、政治・社会的関心 etc．

しかしこれらは必ずしも目新しいものではありません。

　20世紀を批評の時代とするする立場からの開祖、I. A. Richardsの『実践批評』(1929)や『文芸批評の原理』(1924)は既に古典テキストの「正確な」読みへの不安を表していて、そうした不安定な読みをどのように統合するかの原理を求めようとしたのではないか。同じようにWilliam Empsonの『曖昧の七つの型』(1930)もその延長線上において考えることができます。そのような不安は実は高等教育が既に大衆化して、共有された「高等な教養」がもはや頼りにならなくなったことを示しているように思えます。F. R. Leavisの「スクルーティニィ」誌による英文学を通しての知識人の教養の復権へ(それはまた諸学の基礎にEnglishをすえる)の努力も同じ危機意識の産物だったと思われます。さらにT. S. Eliotのように、閉じ

られた社会の中に文化の階層性を残そうとする、残そうとするというより文化伝統の継承に責任を取れる階級を固定的に考える、いささかアナクロニスチックな試みも同様です。エリオットの場合もリチャーヅやリーヴィス、エンプソンと同じく教育的、啓蒙的な意図ははっきりしています。しかしそれはさらに100年も前にワーヅワースがリリカル・バラッヅでやろうとした努力と重なっているとも言えるでしょう。つまり革新を求める詩人はいつも新しい読者の開拓、獲得に熱心でなければならないということであります。ただこうした先行の努力に比べて20世紀の問題は、数の飛躍とその時間の加速性で比較にならない性質を有しています。したがってこの文脈で考える限り、伝達の問題、言語の構造、読者論などは一直線につながる問題であります。

　大胆な言い方を許されるなら、この傾向はアメリカ化＝近代化＝ mass 化の今一つの現象と言えるかもしれません。

　area studies という多分に戦略的な含みのある研究にアメリカが熱心であったのは主要な字引の記載にも現れています。つまり冷戦構造の中で一地域の近代化をどのように素早く達成して共産主義化させないかの戦略に繋がっていたようにおもえます。

AREA STUDY

Random House (2nd ed. 1987)

> anthropological or sociological research intended to gather and relate data on various aspects of a geographical region and its inhabitants, as natural resources, history, language, institutions, or cultural and economic characteristics; a field investigation into human ecology.

> 人類学・社会学的研究で地理上の一地域またその住民についてのさまざまな面の資料（例えば天然資源、歴史、言語、制度、あるいは文化的・経済的特徴など）を集め関連づけることを意図している。人間環境の現地調査。

Webster (3rd New International, 1961)
　a study of a political or geographical area including its history, geography, language, and general culture.
　ある政治的・地理的区域の研究でその歴史・地理・言語・文化一般を含む。
OED（supplement 1986年も含めて）　　　　no entry

　ウェブスターの「地域研究」の定義に政治的・地理的とあるのは研究対象を国家・主権を中心とした単位を想定していることを暗示しています。
　area studies がなぜ American Studies に変わったのかはわかりませんが次の Elaine Tyler May の話は示唆的であります。American Studies 学会の会長の彼女は American Studies の発展を三段階に分けて論じてます。

1)「'30年代の創設者の急進性と自由」
　学際性、アメリカ文化の独自性の発見、「聖典」'canon' 批判
2) 米ソ「冷戦」の影響。アメリカ支配の「例外」説とその正当化
　神話学やシンボル探し──現実逃避的傾向
　体制化 institutionalise（Salzburg Seminar '47）
3) より複雑で大衆文化的で周縁化されたアメリカの部分
　race、class、gender (after '60s Civil Rights Movements) の再発見
　第1期の自由で多様な、情報公開的・民主的なアメリカ学への復帰
　　　　　　　　　　　　　(American Quarterly vol.48 no.2 June '96)

　この論議から想像するに American Studies に変わったのは第二段階の中での強いアメリカ論、他に類のない（例外としての）アメリカ、世界支配の**特権**を有する国を意識的に追求することから生じたのではないだろうかと思わせます。
　いずれにせよ、area studies と言うか American Studies と言うかはともかくとして、それらはとりわけ学際、境界領域（interdisciplinary）の問題

に熱心で、機敏であるのを特徴としているのは間違いないことであります。

このような「文化研究」の総合性、文化を全般的、統合的に捕らえようとする動きは、実は1930年代に既にその萌芽というか先駆的研究があります。

  Julian Symons: *The Thirties* (Cresset Press, 1960) 『30年代』
  Malcolm Muggeridge: *The Thirties, 1930-40, in Great Britain*
       (Hamish Hamilton, 1940)
  C. Day Lewis ed.: *The Mind in Chains—Socialism and the Cultural Revolution* (Folcroft Library editions 1972)
  Geoffrey Grigson ed.: *The Arts Today* (The Bodley Head 1935)

前の二冊は時代を区切ってその時代の文化的特殊性を論じているし、後の二つは同時代の絵画、音楽、演劇、映画などの多様なジャンルを一つの塊として理解しようとする試みであります。

'30年代とはその前衛的、実験的な努力と、新しい社会建設の夢が結合して、こうした取り扱いを必然的にする条件があったと言えるでしょう。時代の旗手オーデンを論じてそのような空気を吸い、その中で育ったホガートが後に文化論の先駆者となったのは当然と言えます。批評による社会の治療者 critical healer のオーデンはつぎのように歌いました。

  England was a cow, once was a lady.
  Is it now ?   (*The Orators*)

もちろんミルクは蜂蜜と共に豊かさの象徴であり、飢餓の時代の英国はその優しさを期待すべくもありません。そして文学はその社会の豊かさを回復する戦いの先頭に立つ必要を感じていました。

同じ'30年代はアメリカでも文化論研究に実りのあった時代で、それは先の May 会長の講演にもあった第一世代に当たるものです。例えば一つ例を挙げれば

  Frederick Lewis Allen: *Only Yesterday* (1931) 『オンリーイエスタデ

イ』(研究社)

　この書物はメイ会長の書誌には上げられていませんが、1920年代研究は先に挙げたシモンズの『三〇年代』と同じく一つの時代の文化を全体的にしかも具体的に見る教科書とも言えるでしょう。アレンのほかに David Riesman、Lewis Mumford、Erich Fromm、F. O. Mathiessen など（これらは彼女のリストにあげられている）のアメリカ社会学、心理学の成果が続いて考えられますが、これらは今日でも読み継がれる長い生命力を有しています。したがって今日の文化論の隆盛は必ずしも新しい傾向ではなく、20世紀の大衆革命の息の長い変化の中の一つのピークと考えられるのであります。

　先の Raymond Williams の *The Longer Revolution* の言葉を借りれば我々はいまだ二つの革命を継続中なのです。つまり industrialization 産業革命と democracy 民主主義革命を。中国の四つの近代化(経済、軍備、教育、技術)などに見られる産業革命の核心である合理化、先端技術、教育を含めたマス化は確かにグローバルなレヴェルでこの二つの革命が未だ進行中であるのを物語っています。またその変化は加速を伴いながら単に開発途上国のみならず一般に先進国と言われている諸国でも、不断の技術革新、教育刷新を要求しているのもご存じのとおりであります。今日の我々の大学の変質も戦後の新制大学、'70年代の大学紛争に続く第三の大きな曲がり角として、このマス教育の途方もない流れの現れと見るべきではないでしょうか。

　こうした社会変化に対応した部分が文化論の中にあるのは間違いありませんが、同時にそれは学問としてあまりに一過性の現象に埋没しているという批判を受ける結果にもなっています。先に挙げた American Studies からの教訓は新しい境界領域の開拓には常に新旧の学問の闘争を伴うということを示しています。一方は己の領域を守ろうとするし、他方は古い領域に風穴を空けることで己の存在理由を確立しようとする。決着はいずれ時間がつけてくれるのは明らかです。例えばオックス・ブリッジで1880年代に古典文学研究に対する近代文学研究ができたように。またその後でも哲学に社会学、心理学、文化人類学がやったように。しかし先のエリート

の占有し秘儀化していた文化批判が大衆文化に迎合して安きについているとしたらそれは厳しく批判されるべきでしょう。文化論に付きまとう或るうさん臭さを多少とも払拭する道があるとすれば、その一つは現象についての方向性を持った批判の展開ということではないでしょうか。ここでも'30年代の研究は教訓的であります。彼らは文学のみならず、映画、舞台芸術、建築、絵画、音楽など今日からすればまだ狭いにしても当時の文化批評のcontextの拡大に努めました。そのときに彼らの視野にあったのは新しい社会主義社会、より民主的な社会における文化全体についての夢であり、それを語る責任ある言葉でした。不幸なことにこの試みはスペイン内戦でのファシストの勝利、二次大戦、冷戦、ソヴィエト崩壊の中で挫折したと言えます。しかし文化論とは新たな要求でありながら、かっての試みの継承でもあります。つまりそれは全体的な構図の中になるだけ多くの個別の文化現象を位置付けようとしているのです。従来の価値観の中で無視され冷遇されてきた分野も取り込んだ構図の発見を志しています。したがってこの構図は単なる荒唐無稽の話ではなく、現実を変えていく力を生むような理想を前提とします。先のウィリアムズの言う、より合理的で民主的な社会の到来を促進するような思索を前提とします。文化論がそのような方向性のある視点の下に今日の現象の分析・批判を行えるならば、単なる現象の提示・羅列・分類からさらに飛躍し得るのではないでしょうか。文化論が独自の権威を獲得するもう一つの道は言語訓練の成果であります。これは文化論の流れを作った最初の三つの分野の内の歴史や社会学とは違った文学研究の特性かもしれませんが、言葉の多様でかつ正確な使用は正確な練られた思考に繋がります。その意味で文学研究の成果を新しい対象にも応用することが可能であるだけでなく不可欠なことに思われます。

　W. H. オーデンがイェイツ追悼の詩の中で「詩は何物をも生起させない」と歌ったのは有名なことであります。しかし彼は別のところで詩は人々が正確に物事を判断する土台を作ることも認めています。それはエリオットの言う「民族の言葉の浄化」とも繋がるでしょう。その民族の言葉の精髄

1．文学から文化論へ

という考えの中に文化を独占してきた階級のエゴが染み付いていることがホガートやウィリアムズの努力となったのは否定しません。

　にもかかわらずわたしはWilliamsやHoggartと似て、古い価値観の教育を受けてきた者です。それは先にも述べたように古典文学に含まれた言語的価値をどのように習得するかに時間を費やすことでありました。つまり一つの表現は何故ほかのものより優れて人を感動させ続けるのかの探求が中心でした。その延長は当然古典的キャノン（聖典）の理念に行き着くものであることも認めます。（それがどれほどopenな伝統であっても。）したがって今でも、ある言葉が別の言葉よりも高い価値を持ち続けるということについての信念は変わりません。それは実感としてわたしたちの意図と無関係に迫ってくるものです。

　　　　　Choice
　　　The intellect of man is forced to choose
　　　Perfection of the life or of the work,
　　　And if it take the second must refuse
　　　A heavenly mansion, raging in the dark.

　　　When all that story's finished what's the news?
　　　In luck or out the toil has left its mark.
　　　That old perplexity, an empty purse
　　　Or the day's vanity, the night's remorse.

　　　　　選択
　　　人間の知性は選択を迫られる
　　　人生の完成か芸術の完成かを
　　　もし後者を取れば知性は天国を
　　　拒否して闇の中で歯軋りせねばならぬ。

　　　幕が下りたらどんな知らせがあるのやら。

運が良くても悪くても仕事の跡は残るもの
　お馴染みの当惑として空の財布
　あるいは昼間の虚勢と夜の悔恨。

　先に見たように「裸で歩く」、集中するとはそれ以外のものを捨てることです。人生と芸術の選択で考えると、人生にはあまりにも多くの雑多なものが、欲・名声・地位・金などがあります。そうしたものをこのように単純化して、本質に還元して見るとどうなるかをイェイツは教えています。このような言葉に出会うことがその後の人生をどれほど豊かにするかは図り知れません。そして現在の一種の混乱を乗り越えたとき、より拡大された text、context の中でこうした価値ある言葉の価値がより強固なものとして確認されることを信じております。

　さらにいくつかイェイツを紹介すれば、次のようなのもあります。

　　　　　After Long Silence
　　Speech after long silence; it is right,
　　All other lovers being estranged or dead,
　　Unfriendly lamplight hid under its shade,
　　The curtains drawn upon unfriendly night,
　　That we descant and yet again descant
　　Upon the supreme theme of Art and Song:
　　Bodily decrepitude is wisdom; young
　　We loved each other and were ignorant.

　　　　長い沈黙の後
　　長い沈黙の後の発話。良いことだ
　　外の全ての恋人たちは疎遠になったり死亡して
　　嫌なランプの光りは傘に隠され

1．文学から文化論へ

嫌な夜はカーテンで締め出されて
僕たちが芸術や歌という最高の話題を
声高に、ますます声高に語るのは。
肉体の衰退は英知。若いころは
互いを愛したが無智であった。

　無知であったという自覚が見えてくるのはしかしながら肉の衰えという犠牲を払ってのちであります。しかしその英知は若いときには見えない、というより肉体の原理の魅力があまりに強大であり、その強大さを十分に生きて後にこそその落差が見えてくるものではないでしょうか。とはいえイェイツは単純に老人の英知を賛美しているのではありません。もう一つ引用すれば英知の空しさの自覚もあるのです。

> Politics
> In our time the destiny of man presents its meaning in
> political terms. — Thomas Mann
>
> How can I, that girl standing there,
> My attention fix
> On Roman or on Russian
> Or on Spanish politics?
> Yet here's a travelled man that knows
> What he talks about,
> And there's a politician
> That has read and thought,
> And maybe what they say is true
> Of war and war's alarms,
> But O that I were young again
> And held her in my arms!

　　　　政治
　　　　　この頃は人間の運命はその意味を
　　　　　　政治の言葉で語る──トマス　マン
　あの娘があそこに立っているのにどうして
　私はローマやロシアや
　スペインの政治に注意を向けられよう。
　でもここには旅馴れた人が
　自分の話はわきまえていると言わんばかり
　あそこの政治家はよく
　ものを読み考えている。
　多分この人たちが言う
　戦争とその脅威は本当だろう。
　でもああ出来ればもう一度若返り
　あの娘を腕に抱きたいものだ。

　イェイツの詩を読むことは紛れもなく価値を付与された言葉の存在を教えられること、そのような言葉の発見には一心不乱になる、人生を単純化する努力と重なっていることに気づかされることです。「最高の話題」とは必ずしも「芸術と歌」に限定する必要はないでしょう。問題は他を捨ててもよいほどの覚悟を迫る主題をもち得るか否かであります。このわたしの実感を側面から補強するヒーニーの言葉を引用しておきましょう。

　　彼の全生涯を通じて、また『鷹の泉』や「サーカスの動物たちの逃亡」というような特定の作品の中では、芸術的創造は単に韻文をつづる習慣や民族の文化的野心の追求ではなくて、芸術的創造がえぐり出すさまざまな真理によって生きよ、と詩人に挑んでくる認識の一方法と捉えられているのである。　　　　　　　*The Place of Writing* (p.56)『創作の場所』(国文社) p.124

　さすがに同じ道を志す詩人の慧眼には敬服するしかありません。ヒーニーの発言で注目すべきは詩人がいったん発見した真理は詩人自らをもあらた

めて支配し突き動かす、だからこそ個人を越えた真理になるということです。言葉の発見がこのような真理につながる生き方、これがイェイツ詩から教えられる最高の喜びであります。

　先に言語的価値といった部分にはあまりにも「言語中心主義」に傾く危険のあることは承知しています。しかし今述べた生きる原理の教育を考慮したときわたしは一遍のイェイツの詩が頭にあることの幸せを放棄する気にはなれません。それは個人的な気まぐれと解釈されるかもしれません。しかし批評とはやはり幸せを築く価値を、それの根拠を根気よく明らかにする努力にほかならないのではないでしょうか。そのことは文学批評でも文化批評でも変わらないとおもわれます。わたしは目下の重大な移行期のなかで、より拡大された text、context の中での文学的価値の必要を明らかにする努力を今後も続けるつもりでおります。

　T. S. エリオットは「四つの四重奏」のひとつ East Coker で次のように歌いました。

　　So here I am, in the middle way, having had twenty years―
　　Twenty years largely wasted, the years of l'entre deux guerres―
　　Trying to learn to use words, and every attempt
　　Is a wholly new start, and a different kind of failure
　　Because one has only learnt to get the better of words
　　For the thing one no longer has to say, or the way in which
　　One is no longer disposed to say it.

　　かくて我ここ人生の半ばにあたり、二〇年を費やした
　　その年月はおおかたは無駄、戦間期の年月だった
　　言葉の使い方を学ぼうとしたのだ、そしてどの試みも
　　全くの新しい出発、違った種類の失敗、
　　何故なら人が言葉を自由にできるのは
　　もう言う必要のなくなったことかそれを言うのに

そんな気も失せた言い方についてだけだから。

　人生の半ばとは当然ダンテの『神曲』を響かせますが、ここでの教訓は自己批評の持つ優れて倫理的側面であります。わたしたちは常に新たな出発の志を忘れてならないと思います。そうでなければ過去はしばしば自己満足の安穏な寝所になってしまうでしょう。否むしろ今ある場からの退行を意味するでしょう。エリオットはこの言葉では、引き継いだ価値の単純な繰り返しと拡大再生産の愚かしさを戒めると同時に、価値を主張するとは単純で安易な保守的態度ではなく、苦い想いとつらい努力を必要とすることを教えているのです。そこで最初に述べた伝えたいメッセージとはわたしが先生たち、とりわけ工藤先生から受けた教訓であります。それはより高いものへの憧れ、それを真理というのもよいが普通に言う固定された真理ではなく、新しいものも自由に組み込んで作る、高いよりよきものへの憧れの習性のことであります。イェイツの選択といい、エリオットの再出発というのは人生の岐路がそのような倫理的判断を迫ることを教えています。それは誰からも強制されるものではなく、既に自己の内に取り込んだ価値がそれを促すからに他ありません。それは一度インプットされればそれ以下のものには満足できない精神であります。わたしは自分の先生からそれを与えられたことを感謝します。しかし最初に述べたようにわたし自身は残念ながら高い価値そのものを作り上げた実感は有りません。したがってここでは皆さんがたにお伝えできるのは自分の中にそのような習性を作り上げ所有することの必要と幸せに気づくことが大切だということです。本日お集まりいただいた方にはとりわけそのような意図をご理解いただきたく思うものであります。

　　　　　　　　この試論は1999年３月神戸大学国際文化学部退官講義で話したものが中心ですが、後半のイェイツ詩の魅力を更に強調したものが第10回韓国イェイツ協会の招待講演（英文）（10月30日）でなされたことをお断りしておきます。

2. 仮想現実と媒体解読力

(1) 拡散か収斂か

　最近のコミュニケーション論や批評に半ば不可欠に登場するのがこれらの言葉であろう。前者で言えば桂文珍師匠の言葉に、落語は高価な舞台装置などいらん、言葉一つ身振り一つで何でもそこに取り出せる、という趣旨が述べられていた。それはまさに文学の世界のこととして従来考えてきたことである。しかし最近10年か20年の間で言葉の機能と考えられていた想像力で文字を視覚化する能力が、逆転して、映像から言語化への方向が主流になってしまった(「言語化」も最近の傾向のキーワードの一つ)。あるいはそれは筆者の勝手な思い込みで、実は想像力がより実証的になった、例えば様々なシミュレーションによって未来が視覚化されより具体的になったのだとする考えもありそうだ。
　同様にリテラシィ(識字力)というものも、文字を駆使する能力として習得を第一としてきたが、最近では映像から何を「読み解く」か、画面にあふれる情報から何を選択し編集しどう言葉化するかの能力が中心になりつつあるようだ。
　考えてみれば、付与されることが半ば自動的に良いこととされてきた識字力が今度はもう一歩進めて、批判・選択・編集・判断という高度な抽象的能力を意味するようになったと言えるかもしれない。そういえば以前の識字力についても、それに見合った批判力・選択力を伴わなければ、かえって中央集権的な情報に簡単に統一されてしまう。従って識字度の高さだけ

では必ずしも手放しでは喜べないところがあるという反省も必要かもしれない。これらの議論は実は現在進行中の大学改革の一つの流れである外国語教育、とりわけ英語教育や英文学研究と関係している。そこでの一つの焦点は、文学研究から文化研究の流れである。先の二つの言葉を巡る議論もこの文化論の最近の傾向とつながっている。文化論の隆盛はその英米の発生を見れば分かるように、大衆文化の隆盛とその正当性の主張に密接な関係がある。つまりエリートや支配層の価値に彩られた文化や教養が不当に隠してきたものを復権させようとするのである。それは活字離れ、映像文化の流行と結びついている。

このエリートと大衆の文化のずれはかっては例えばベストセラーの議論や、古典の名作の映画化の問題に端的に現れた。また映画は麻薬のように労働者の自覚的な戦いの意欲を眠らせるもの、ベストセラーは古典文学の訓練や素養や批判力のあまりない人々が作り出す一過性の嗜好、などが一般的な印象であった。

しかし最近の議論では例えばアンソニ・イーストホウプのようにコンラッドの『闇の奥』とターザンを比較しても従来の基準で単純に前者に軍配を上げるのではなく、大衆文化の魅力の大きな要素である快楽をもっと正当な基準に組み入れるべきだとする議論もある。これらの議論は半ば正当なところもあるが、一つ気になるのは大衆の嗜好をやや現状肯定的に固定して考えていることである。快楽に耽ることにある種の罪悪感を伴うのが既に「構造化した」体制内の価値観に屈服したものだという議論がある。しかしそれなら古い体制の中から新しい文化や価値が生まれてくる歴史の機構を既に無視していることにならないか。「構造化」してしまっているのではなく、それにもかかわらずの問題が重要な気がする。

そしてもう一つは大衆文化自身の生命力、自己革新の力への信頼が不足している。価値は相対的だとしても、一つのジャンルの中で、より高いものとそれ以下のもの、より多くのエネルギーを必要としたものとそうでないものを、同列に論じるのは批判能力の欠落に過ぎない。優劣をつけるこ

とが即支配的な階級に奉仕するというのは短絡である。価値の議論をより厳密に科学的・実証的にするのと、その議論の場所を民主的にすることの努力があいまって、価値の主張がより説得的な合意へと収斂していくのではないか。今日の議論はその途上としては分かるが、合意形成の努力の熱意が欠けているとしたらそれはあまり建設的とは言えない。

　もう一点重要なことは、テキストをどう見るかの問題である。さきのイーストホウプの議論にもあるが、さまざまな解釈を可能にするのはテキストそのものに統一した理解を成り立たせない要素が既に含まれているとする説である。しかし、少なくともモダニストの理解にはさまざまな解釈の後に、ある共通の理解に到達するという前提があったと思う。またイーストホウプの主張とは異なり、テキストはそれを求める統一と安定性を含んでいたと思う。それがなければ各自はてんでばらばらに勝手な思いつきを語ることになる。テキストを軸にして批評者は説得と合意を求めることを信じていた。合意は支配・非支配の権力構造ではなく、自らの信ずるところに従った自発的な行為である。テキストの統一を否定して、多様な価値の相対性を主張するのは、ポストモダーン的な流行かもしれないが、そこには規制緩和に見られるような一種アナーキックな自由への信仰がある。それはまた、説得と合意を軸として、他者との協同・協力を可能にする努力への道が閉ざされてしまう危険がある。

(2) 映像化の弊害

　最近の若い人の活字離れと映像嗜好が指摘されて久しい。面白いのはこの流れの中で映像そのものが新しい研究分野として確立したことと裏腹に文字化の重要性も浮き彫りになったことである。よく使われる言葉使いは「読み解く」という言い方である。これは記号あるいは暗号を連想させるが、その前に言葉（文字）を図解する方向を暗示する。これはこれで興味

があるし、それが開拓した新しい面も確かに無視できない。しかしその積極面の陰で何が犠牲にされたかを思い起こす必要がある。筆者の印象では今日の映像嗜好はその想像力の時間的広がりの縮小にある気がしてならない。文字から理解したものを映像化するのが中心の時代には十年先、あるいは一生の先を考えるのは珍しくもなかった。つまり映像化の過程は時間に縛られない、功利性から自由な空間であった。しかし今日の映像が教えるのは直接的、即物的、短絡的功利性にある。それは筆者の勝手な思い込みだけではなく、文化論の映像性がしばしば歴史学と対立し、過去からの因果の連鎖を無視して、現在の現象的理解に止まろうとする傾向にも現れている。

　映像嗜好が表している興味は真の意味での想像力の訓練ではなく、文字から映像を組み立てる時間と手間暇を省くに過ぎない。考え方を変えればこの忙しい世の中で、要らざる努力に精力を使うのは浪費以外の何物でもないということになる。確かに効率だけから考えれば「必要」からそれを満す過程は一直線の方がよいように見える。しかし先に述べたように想像力がせいぜい明日か一週間先ぐらいしか延びないとしたら、今日明日の儲けにしか視点が行かないとしたらそれは破滅以外の何物でもない。過去も同じで、深く遠くに想いを走らせ得ないことは、不幸や失敗の経験をすぐに忘れてその教訓は何も残らないことを意味するであろう。

　一昔前「考えなし」という言い方があった。最近の犯罪についてその多くが「考えなし」に当てはまる。この表現の意味には一般によく考えて行動することを前提とする常識があった。その「考えなし」が当たり前になったときの恐ろしさが今現れつつある。「考えなし」は逆に人間らしさの裏返しだという考えもある。「誤ることは人間で、許すことは天の役目」という諺があるくらいだから。しかしこの諺は十分考えてなお誤ることの可能性を認めることである。「考えなし」を許す許さないはともかく、それが許されると考える習慣が主流になれば、どうせ許されるのだから面倒臭い考えは切り捨てればよい、間違えれば訂正するだけということになる。

訂正できる間違いで止まればよいのだが。

　これはまた効率の面から考えても全く合わない。訂正には多くの場合、最初の正しい行為の倍以上の精力を必要とするのだから。昔教わった英語の先生に発音は最初に間違うと先の記憶を消して改めて覚えなければならないから、二重の努力を必要とすると言われた。それは言葉の学習だけに止まらず、人生のさまざまな面にも当てはまる知恵ではないか。

(3) 仮想現実に現実変革の活力を

　最近の一つの傾向としてよく登場するのがヴァーチャルリアリティ（仮想現実）という言葉である。ヴァーチャルにはもう一つ「実質的な、事実上の」という意味があり、それは「仮想の、虚像の」というものより、プラス評価が高い感じがする。にもかかわらず「仮想現実」と言った場合にその実態は仮想という否定的なニュアンスよりも、むしろ現実に取って代わる想像力の作用を積極的に認める方向にある気がする。もう一つ似た言葉にメディア・リテラシィ（映像読解力）というのもある。これもよく使われる「読み解く」行為をメディア（媒体）に限定したものであるが、どちらも言葉の力を高く評価していることに変わりはない。後者は映像の持っている圧倒的な力にどのように批判的に立ち向かうかを考えようとしている。批判的ということは与えられた情報を単純に鵜呑みにせず批判的、選択的に受け止めることであろう。その限りでは「読み解く」という言葉には一応主体的な行為を重視している姿勢が窺われる。

　しかし一つ気になるのは、「仮想現実」といい、「映像読解」というのも、言葉（映像自体を含めてもいいが）を現実以上に持ち上げている嫌いがありはしまいかということである。人は現実を認識するのに大なり小なり恣意的な操作を加えているのはやむを得ないにしても、だからといって不可知論のように認識すべてが勝手な妄想のように考えるのはどうであろうか。

「正しい」認識など不可能だから、何を考えても同じというのである。しかし一歩譲って「正しさ」が相対的だとしても、より真実に近いものとそうでないものの区別は可能である。ましていわんや仮想を現実の代替物のように考えるなど本末転倒もはなはだしい。

　人間の想像力は鍛えることでより大きな振幅と奥行きを広げてきた。それによって人は過去を多く記憶し、遠い未来を予想する力を蓄えてきた。また今眼前にある、あるいは既に生じた一つの現実をそのままやむを得ぬこととして受け止めるのではなく、反省と自覚を基礎に別の現実の可能性を探る力も養ってきた。この力を蓄えるのに言葉が有効なのはすぐに分かることであろう。しかしその優れた力を過大に評価して、言葉の作ったものを現実と取り違える、月に照らされた美を昼間の美と取り違える愚を犯してはならない。言葉の作り上げたものは現実を変える契機になるかもしれないが、変えられた現実そのものになる訳にはいかない。想像すること、それをリアルに言葉化すること、それと現実そのものを変えることの間には無限の淵が横たわっている。そのように言うことはこの二つを完全に分離してしまうことを主張するのではなく、単純に連続したものと考える愚かさを戒めているに過ぎない。その二つの違いをしっかり認識すること、そこに言葉の困難と栄光が潜んでいる。

3. 日本英文学研究の回顧と展望

　もう30年以上になるが (1968)、TLS で世界の英文学研究の特集が組まれ、日本の状況を報告する幸運に恵まれた。その個人的な幸運とは別に、それは既に英文学研究の危機の反映であったのだ。そのときに挙げた日本の伝統の一つは優れた資質の外国人教師の影響の系譜である。小生に限らず、いまでも Edmund Blunden、William Empson、G. S. Fraser、D. J. Enright、Anthony Thwait などの名前が浮かんでくるのではないだろうか。もちろんこの中には来日前にすでに将来を嘱望されていた人もあろうが、日本で、あるいは日本から帰国後、才能を開花させたと言うほうが正確な人々が多いのではないか。また Donald Keene、Edward Seidensticker、Earl Miner などは日本文学への接し方で、あるいは日本語の習得という面で我々にも多くの教訓を与えたと思う。特に Miner さんの『西洋文学の日本再発見』などは日本の英文学者によって書かれてもよかったのにそうならなかった残念さを味わった名著である。この話をするのはこのころの一つの理想は英米の研究者に近いものを書くことにあったからである。

　それとは別に小生の受けた戦後の英文学研究で多少とも話題になったことを幾つか紹介したい。まず最初は英文学研究にはエッセイ的な文章が多く見られた時代があった。それは勿論ラム、ハズリット、ロバート・リンドなどのエッセイストの人気の反映であったのかもしれない。例えば福原麟太郎、吉田健一、深瀬基寛などはこうした名文家としても一家をなした人々である。そのような中で、もう少し本格的な意味での研究として、土居光知『文学序説』と『英文学の感覚』、工藤好美『ペイタア研究』、中野好夫『英文学の常識』、中橋一夫『道化の宿命』などは英文学を専攻す

るかどうか必ずしもはっきりしないころに読んで大きな感動を与えられた記憶がある。戦前から戦争直後の研究では紹介、翻訳、作品解説などの手法はよく見受けられたし、今日でもそれはそれなりの効用があるのは否定しない。しかし今挙げたような書物は日本語の限界がなければ native speakers の間でも多分大きな反響を呼んだものではなかろうか。つまり国境の壁を越えて一つの文学研究の個性を主張し得るものがそこにあるからである。昭和30年前後と言えば、まだ洋書も簡単には手に入らず、深瀬先生の授業で現代英詩の手ほどきを受けたのは忘れ難い。が、その時間に紹介された数々の書物の名前も魅力的であった。Basil Willey の *Seventeenth Century Background* 以下の3部作、J. Isaacs: *The Background of Modern Poetry*、Authur Wedrey『芸術の運命』、C. Day-Lewis: *Poetry for You*、および *A Hope for Poetry* あるいは Stephen Spender: *The Destructive Elements* と *Creative Elements*、あるいは Isaiah Berlin や Reinhold Nieburh さらには *Science and the Modern World* の Whitehead の名前などがそれである。今から考えるとこの時代は戦後の研究再開の混乱期が既に収まっていたとはいえ、その余波は続いていて、今日から見ると '20 年代の T. S. Eliot や後期 Yeats と '30 年代の Auden グループがあたかも同時代のように入ってきた感があった。もちろん知識としてはオーデン・グループがイェイツやエリオットを糧として詩人的成長を遂げたことは十分知らされていた。しかし戦前の紹介の仕方に比べて後期イェイツやエリオットが本格的になったのはやはり戦後数年経ってからのことのように思える。先の深瀬先生の弟子である安田章一郎、大浦幸男の先生たちに比べれば我々は孫の世代であったのだろうが、戦後育ちの学者、我々より少し前の世代が牽引車のようにさまざまな手本を示してくれた。谷口陸男：『アメリカの若者たち』、佐伯彰一の日米文化比較、金関寿夫のアメリカ同時代詩人や native American の詩人たち、大橋健三郎のフォークナーを中心とした危機の時代の反映としての '30 年代アメリカ小説などによる、英文学の亜流ではないアメリカ文学の新しい動向が見られた。また小田島雄志、

3．日本英文学研究の回顧と展望

篠田一士、外山滋比古、高松雄一、あるいは川崎寿彦などの若々しい英文学がわたしたちの視野に入って来た。この最後の辺りになれば既に living memory の世代でだれを挙げるかは全く恣意的な判断に過ぎなくなる。それにしてもこれらの人々はいわば生きた見本を提供してくれたのである。とりわけ今日と違い英米の碩学の謦咳に直接触れる機会はまだ非常に乏しかったので、これらの先生や先輩諸氏の活動は刺激的であると共に学び取る直接の対象でもあった。もう一つやや違った角度からの影響（？）も無視できないように思う。それは英文学出身の創作者の系列で、例えば阿部知二、木下順二、小島信夫、丸谷才一などの人々で、阿部訳メルヴィル、木下訳シェイクスピア、丸谷訳ジョイスがこの作家たち自身の小説や劇と重なって読む意欲をかき立てた。

また学会の論争で印象的だった一つは山本忠雄 vs 宮崎芳三の文学の方法論を巡る論争で、ディケンズ学者の山本さんが、宮崎さんの計量的手法を「地獄行きの文学」と評されたのは印象的であった（英語青年1964年1月 山本忠雄「娑婆を迷う」参照）。18世紀の詩人や小説家などジャンル別の人数の分布を調べそこからその時代のジャーナリズムの成立を実証するというような研究の意味は小生にも当時はよく判らなかった。しかしこれは後に文学研究が一般に、より実証的、疑似科学的になる一つの先行的兆候であったと言える。

この計量的研究で少なくとも小生に印象的なものの一つは最近の Michael Levenson ed.: *The Cambridge Companion to Modernism* (Cambridge 1999) におさめられた Lawrence Rainey の The cultural economy of Modernism という論文である。これはモダニズムの二つの代表的な作品、*The Waste Land* と *Ulysses* を中心に新しいパトロン、つまり限定出版を投資の対象にする制度が作られたいきさつを版権、出版部数、定価などの数値を使って説得的に論じている。こうした新しい仕組みが、実は従来の審美的判断の自律性を主張する基準とは全く違った市場原理による価値のひそかな承認であることを暴くのである。

先の宮崎氏はまた国内で生産される英文学研究について、より真摯に目配りすべきとの立場から小説研究の主たるものを論評された。さらに英文学者の戦争に対する態度も論じられた。この二つの態度を見れば、上記のような方法論に一時身を投じられた意味は見えてくる気がする。主観的で時に独善的な研究のあいまいさ、あるいは時流に動かされやすい印象主義的直感よりも、客観的により確かな判断の原理をどこに求めるかを模索されたのであろう。ファシズムのような非人間的な、およそ論理とは程遠い圧力に立ち向かうとき、その抵抗の痕跡を止め得るような確かなものは首尾一貫した透徹した論理の貫徹その実証性ではないか。

　研究方法としてはしかしながら、この他に例えば御輿員三先生のtextについての厳しい読みの訓練もその後の教員になってからの実践上の有効性として忘れ難い。先のエッセイで山本さんが地道にテキストを読むことがまず必要なこととされたのは同じ精神であろうし、もう一つには問題が錯綜したときに原点に返るという古来の知恵の実践でもあったと思う。これは日本の訓故の学の伝統として貴重なものである。この方法は単に技術に止まらず、自分の思考の矛盾や欠陥に対し敏感にさせるものである。しかしながら新しい文化論研究の中ではそれは忘れられ、不人気になっていくのは残念と言うほかない。（この新しい文化論流行については後に触れる。）上記のような研究を可能にしたのはやはり古典の概念がかなり強固で、訓故の学の努力に見合うtextの持つ価値への信頼があった。多くはもう古本でしか手に入らなかったが、研究社の英文学叢書を順番に手掛けていくのも大切な作業であった。この面ではあの叢書の注釈者たちは今日のような便宜には恵まれない中でOEDやCenturyを労を惜しまず索引し、推論を尽くされたことは大きな教訓である。今日の便宜と言えば、岩波の戦前の翻訳でも一番の弱点は口語的な慣用語についてであるが、これは新しい字引が大量に出回り、native speakerに質す機会も多い今日とは比べられない違いである。ついでながらこの訓故の学の伝統の恩恵は教師になる準備には不可欠なもので、しかも実践的な価値を有している。いくつかの古い

大学ではたいていそうした教授がおられた。最近、大阪大学の故藤井治彦氏の『退官記念論文集』(英宝社)を読む機会に恵まれたが、藤井氏も *Mrs. Dalloway* の詳注をつけられた柴田徹士氏の授業の強烈な印象を語っている。「私は自分の英語の理解がいかにあやふやで、不正確であるかを思い知らされた」。優れた師の影響とはこうした自己反省を植え付けることにある。それはよい恋の事例研究でも見られるであろうが、対象にふさわしい自己になることの難しさ、絶えず己の不十分さをバネにした向上心を迫るところにある。

さて、もう一つの宮崎氏の関心である戦争と英文学研究の問題に移ろう。宮崎芳三『太平洋戦争と英文学者』(研究社)がそれである。目に付いた議論を拾えば次のようなものがある。

思想統制の時代は英語教育に何を主張したかを問いかけたがゆえに、宮崎さんにはそれは本質に迫る、「またとないチャンス」だったという。まず国策として敵性言語のゆえに英語教育全廃論があった。それにたいし、軍部にしてからが英語の需要・必要を認めているではないかと、実用性を基礎にした藤田たきによる「外国語必修科反対論」の反論の勇気をたたえる (p.12-13)。しかしそれは森本忠による英語教育とは「ものの考え方の根基」にかかわるところの思想教育にほかならないから、「敵性思想撃滅のための英語全廃」という主張に比べればいささか的外れであることも宮崎さんの言うとおりである。

それと平行に宮崎さん自身の印象では「国と共に滅ぶ」(21) 意識を伴う非常時にそれと無関係なことを続けられることの悠長さについての反省も付いて回る。なるほど「学問には世間を超越した部分がある」、しかし敵性言語と言われながら毒にも薬にもならないように捨て置かれたのは何故か、と宮崎氏は問う。そこに暗示されているのは森本の言う「考え方の根基」に届かぬ研究への批判である。ついでながらこの宮崎さんの「国と共に滅ぶ」意識には、高村光太郎の「天皇あやうし」に近い、ある世代の

特徴的な意識がみられる。そこには戦後育ちの我々と宮崎さんの間には途方もない世代間のずれが横たわっているのは確かである。

　しかし面白いことには「思想以前」として大和資雄、斎藤勇の無思想を批判しつつ、他方で思想というような大袈裟なものではなく、ちょっとした物言いの端々に出るその人の「タチ」「その人の一生を通してついに変わらない考え方生き方の特徴」(57) に対して宮崎さんの感じる「小さな個人的な違和感」(62) を梃子に宮崎さんはそれぞれの研究者の特質を取り出そうとする。

　「平常を破る力、その人の思想が命じさえすれば、平常は、いくら保とうとしてもこわれる。逆に思想をもたなければ平常を守ることでこと足りるのである。」(120)

　「大和（資雄）には転向の問題は無い。転向とは思想をもった人の問題である。」(127)

　こうした物言いにはやはり宮崎流の皮肉と諧謔がある。思想は大事と言いながら、思想という大袈裟な身振りにはウソがあるとする。こうした意識的な努力は結局は身につかないものだとして、タチ論に信をおく。しかしそうだろうか。人は意識的に努力することで矛盾無く生きることが可能になる。こうした自覚を高め先鋭にするところが学問にはあるのではないか。一応にも思想らしきものを身につけるには、日常不断の自覚的な努力なしでは不可能であり、それを否定するのは自殺行為である。「人を殺した」とき、それを状況の責任（例えば上官の命令）とし自分を無にしてしまうかそこになにがしかの責任を感じるかは大きな違いである。むしろ手を下すことの重さを感じることが人間としての成熟をもたらすのではないか。

　これと似た考えをもう一つ上げよう。例えばスペイン戦争の国際旅団の場合についての、Valentine Cunningham の議論である。彼は詩華集 *Spanish Civil War Verse* (Penguine 1980) の長い序文の中で、英国共産党の方針が作り出した神話が多くの有能な若い詩人党員をスペインで死なせたとする。しかしイデオロギーというものはだれかの強制ではなく、主体的

に、自覚的に選び取るものであることを考えれば、スペイン政府支援というのも、一つの尊重すべき選択であったことを認めなければならない。それを尊重することが、命懸けで選び取ったその人の行為についてのふさわしい尊敬ではないか。そうは言ってももちろんそれは国際共産主義やスターリニズムの方針の間違いを免罪にすることとは全く違うことは断っておかねばならないが。

カルチュラル・スタディーズが明らかにした一つは Graeme Turner によれば、アーノルドからスクルーティニーに至る教養主義が「教養ある、しかし政治的には無知な……知識人階級」(*British Cultural Studies* 大熊高明他訳『カルチュラル・スタディーズ入門』－作品社－ p.239) の再生産の仕組みである。その限りでは宮崎さんの言う「思想性」の欠如はそのイデオロギー嫌いにもかかわらず、文化を全面的に捕らえようとする姿勢と重なってくる。不思議なことだが、19世紀以来の「教養主義」は文化を全面的に理解しようと主張しながら、一つの文化ジャンル内でも高等・下等の区分（大衆文学、純文学）により、また社会全体についてもジャンル間に横たわる局部的・排除的な偏向性（ex. ポップ・アート軽視）により文化自体を狭く限定してしまう矛盾を犯すのである。

さてこのような中で、文学研究から文化論研究への移行がにぎやかに取り沙汰されている最近であるが、この傾向には正負二つの方向が重なっているように思える。一つは従来の階級的な価値を反映する純文学と大衆文学の対立を解消する方向。このような分割は今まで大衆＝労働者、純文学＝支配的選良的文化の対比の補強としての価値体系、つまり後者が前者を貶めるような装置であった。文化論はそこからの解放を指向する。もう一つの方向は価値の相対化を極端にまで推し進めて一種のアナーキから価値の不可知論的懐疑に向かうものである。

英米文化論の成立の歴史を見れば明らかなように、文化論は従来の教養

33

主義では文化と見なされなかった活動を正当に評価しようとする。たとえばフーリガニズムの研究とか、ソープ・オペラの製作とその意味形成などである。この場合どちらもそれが文化的価値が高いから取り上げるというより、それらが或る社会集団の価値観をどう作り上げどのような意味を持つかの仕組みの解明に当てられている。もちろん抑圧された集団が「親文化において破壊された集団としての結束を、いくらかなりともとりもどし、ほかの階級文化と自分たちを結びつけようとする試み」（大熊 他訳 Graeme Turner p.220）として、モッズやスキンヘッズの積極性を一部認めようとするところもある。しかし大部分はそれについての独立した価値的判断を迂回して、その文化活動としての存在自体をまず確認することに第一の力点があるように見える。

　文学研究から文化研究への移行の一つの例を Antony Easthope: *Literary into Cultural Studies* (Routledge 1991) に採ろう。従来の選ばれた文学的 canon が Highbrow と Popular Culture の区分を作り前者が後者を抑圧する仕組みの協力機関として働いたことを一応は認める。しかし今日、エリート的文学価値が機能しなくなった理由を三つばかり挙げる。一つはモダニスト的な読み方による文学価値、つまりテキストのすべての面を作品の統一性（unity）の解明するための努力に集中する手法に疑念が生まれた。第二に構造として文学は理想主義の残滓である本質としての文学を、本質論否定の装いの中で復活させるので不適切である。第三に高い文化形態としての文学がその光背を剝ぎ取られて、歴史を越えて多様な読みを提供し得るテキストだけが残るとすると、文学の支配性（hegemonic power）は失われる。少なくともそれらは意味付け（価値判断）の実践例としての大衆文化のテキストと並べて研究されるべきだ（p.60）。これはいささか分かりにくいかも知れないが文化の生産・消費の中で消費（享受）部分＝つまり受け手がその内実を規定する大きな要因として承認されたとき、大衆の判断は必ずしも常に劣ったものとして扱えなくなったことを意味する。

　Easthope が従来の高い文化と大衆文化の対比の例として挙げる *Heart*

of the Darkness と *Tarzan* のテキストとしての相違は次のようである。

Heart of Darkness 『闇の奥』	Tarzan 『ターザン』
abstract（抽象的）	concrete（具体的）
complex（複雑）	simple（単純）
connotation（内包的）	denotation（表現的）
figurative（比喩的）	literal（字義的）
meaning deferred（間接的意味）	meaning immediate（直接的意味）
implicit（潜在的）	explicit（顕在的）
plural（多義的）	univocal（一義的）
moral reflection（精神的内向性）	physical action（肉体的行動性）
verbal（言語的）	visual（iconic）（視覚的）
ironic（皮肉な）	unironic（明言的）　　(p.89)

　もちろんこの比較を成り立たせるのは両者の一応の類似性を考慮したうえでのことで、例えば両者とも 1) アフリカ冒険を舞台 2) ヨーロッパ植民地主義 3) 遺伝・環境・人種などを俗流進化論とからめた人種的優生思想 4) 女性の理想のステロタイプ化されたものなどを共通にしている (p.82)。
　先の対比は結局は肉体と精神の対比に帰着するであろうが、エリートの精神性と大衆の肉体的力の対比からすれば『闇の奥』に軍配が上がるのは自明のことである。これに対して Easthope は後者の価値を認める原理も提示したうえで両者を見ることを提案するのである。彼の提案する基準の一つは超自我 (super-ego) の制御を受けない pleasure であり、また duty（義務）よりも wish-fulfilment（願望充足）の実現を促す視覚的 visual で想像的 imaginary な傾向である。これは精神と肉体の二分法で後者に属するものを劣ったように考える伝統的思考に修正を加えるものである。しかし pleasure を考慮するもう一つの意味は人間の本性に無意識の要素を考慮するフロイド以来の傾向とも一致する。ただ無意識といい本能という

どちらかと言えば動物的習性から人はさまざまな試練を乗り越えて人間になってきたのであり、その歴史を消去させようというのは賛成できない。

「快楽」を評価基準にするのはEasthopeの独創ではない。例えばターナーに次のような記述がある。カルチュラル・スタディーズがグラムシのヘゲモニー理論を組み入れたこと、大衆文化をヘゲモニー編成に対する無視できない抵抗の源泉であることを、論じた続きである。

「1970年代に、イデオロギーが、あらゆるものに対する強力な決定力とみなされてきたことに対し、1980年代後半、大衆文化のこのような観点によって、快楽という概念がイデオロギーに対抗する力として展開され、ポストモダン理論が意味よりも感覚に特権を与えたこととあいまって、イデオロギーは変更を促されたのである。」(大熊 他訳 p.252)

とはいえ「快楽」あるいは本能と文学テキストの喜びを区別すること自体に一つの差別を見るのが最近の考え方かもしれない。同じEasthopeのフロイドからの借用の批評用語の解説に次のような記述も見られる。

「映画だけでなく、一般に審美的テキストはそれらが充足しそうな欲望をかき立てることで快楽を与える。」(Aesthetic texts in general, not just film, give pleasure by exciting the desires they appear to satisfy.) *The Unconscious* (Routledge) p.130[1]

このような記述が出てくるのは美意識を精神性の最たるものと見るロマンチックな解釈に対し、その背後により基本的な人間の欲望の原型を見ようとする意志が働いているのであろう。快楽というのは確かに人を引き付ける普遍的な要素の一つである。しかしそれを無条件で承認するにはあるためらいを感じさせる。例えばしばしば問題になるある種の大衆文化の人気の根元にある暴力と性の賛美の問題である。人気映画や漫画、ベストセラーやフーリガニズムが大衆のエネルギーと抵抗力を暗示しているという。しかしそのままでは一時的自己満足は与えられるとしても大衆自らを真に解放する力にはならない。人は真空状帯に生きているのではないゆえ前の世代の富を変化させつつ前進する。長い時間をかけて環境を変え、自ら

をも変えてきたわたしたちは既に獲得した人間の地位を捨て去る必要はない。

「快楽」には直接生理的に肉体に働きかけるものと、そうした感覚器官を媒介して頭脳に満足を与えるものとがある[2]。人間が成熟した人間の能力として開拓したのが後者であろう。勿論前者を捨てたのではなくその延長、拡大の方向であるのは否定しないが。そこで「快楽」という原理の代りに私は「感動する心」を挙げたい。「感動する心」というのはあいまいで、主体の生い立ちや経歴や現在の立場に影響されやすい。しかし一方ではそれは必ずしも支配的な文化の影響ばかりを代表していない。一時の虚栄心で人の本性を見抜けなかった愚かさの後悔、嫉妬に狂い一番大切なものを捨て去った無念さ、それらが人の心を打つのは、その後悔、無念さ、悲嘆、怒りが男性の王侯貴族や人並優れた武将のそれであるゆえだからではない。そうした普遍的な人間感情に生き生き反応する心を養い維持すること、しかもそれを言葉を通してそうすることは必ずしも古い体制、過去の一時期の価値観を無批判に継承することとは違う。

何に感動するかは確かに大きな問題である。例えば映画「駅馬車」を初めとした西部劇に強い興味をかきたてられた記憶はいまだに新しい。しかしそれがnative Americanを支配し西部を白人の領土とし何百万もの野牛を殺した開発の歴史を追認することに気付けば単純にそのまま「感動」する訳にもいかなくなる。このように「何」に感動するかの中身が歴史的に修正されるのは事実である。しかし何かに生き生きと感動する心を持ち続けてこそ、より公正な判断に従い己の心の動きを修正することが可能ではないか。己に「批判的」に「感動する心」を持ち続けることが不当な文化支配の有り様に機敏に気づかせるのだと思う。「快楽」についてもそうで、「暴力と性」を単純に賛美する風潮から脱却し得ない限り、支配的文化の中の優劣の枠組みを越えることはできない。この批判的な目を伴ってこそ、「快楽」は初めて古い価値基準に匹敵し得る一つの新しい原理になり得るのではないか。もっともそのように言うことは既に「組織化された」

体勢に取り込まれているという議論もありそうである。そうなればまた鶏と卵式にどちらを先にするか堂々巡りになる危険はある。それにもかかわらず、わたしは人は自らを高める努力で変わり得るという歴史の教訓を捨て去る訳にはいかない。自らを高める契機は反省という批判的な目から来る。批判の原理がどれほど先行の価値に影響されていても、それ自体を批判し続けることでしか自己を高めることはできない。そして「感動する心」を鍛え「公正感」を養ううえで優れた文学が有効であることは一度でもそれに触れた人は既にご存じのとおりである。

　最後にもう一つ文学研究について付け加えておきたい。文学に親しむことは文章に対し、より細心の注意を払う習慣をつくる。これは文学的テキストの優位を否定することが流行している時代でも決して無視されてよい能力ではない。少し以前になるがある雑誌で別宮貞徳氏が誤訳狩りを連載されていた。そのときに友人にどうしてあんなに巧く誤訳を見つけてくるのだろうと聞いたら、ある種の分野（特に名は挙げないが）はなまじっか英語に強いという自信が仇になってその分野の翻訳を探せばだいたい見つかるそうだと聞いた。そのような意地悪はともかくとして、最近の文化論の翻訳の一部にもそうした危惧を感じさせるものがある。例えば先に上げたグレアム ターナーの訳文からであるが次のようなものがあった。

> Hall highlights a number of concepts that follow from this 'reality effect'.　First is the idea of naturalization—the representation of an event or a discourse such that it is legitimated by nature rather than problematized by history. Second is the polisemy of language, which held that the same set of signifiers could produce different meanings and thus made the effect of naturalization something to be worked at, produced. And third is the fact that meaning, once it is seen in this contingent way, 'must be the result of a social

struggle'(p.77)...（Turner 原著 p.189）

　（スチュアート）ホールはこの「現実効果」から引きだされる多くの概念をとりあげ議論している。(「現実効果」とは簡単に言えば現前する現実の持つあたかもそれだけが真実であるかに見せる支配力と言える。―風呂本注）第一に、自然化という観念――歴史によって問題化されるのではなく、自然に正統化されるような出来事や言説の表象――である。第二は、言語の多意味性である。それが示すのは、同一の「意味するもの」が異なる意味を生産することができ、自然化の効果が作動し、生産されるということである。そして第三は、ひとたび意味が偶発的なかたちでとらえられるなら、それは「社会的闘争の［……］結果にちがいない」(p.77) ということである。（大熊他訳 p.260）

風呂本 試訳
　ホールはこの「現実効果」から引き出される多くの概念に光を当てている。第一は自然化という観念――これは歴史によって取り上げられ問題化されるよりも自然によって正統化されるような、出来事や言説の提示（表象）のことである。第二は、言語の多義性で、その考えは同じ一組の「意味するもの」（言葉）が異なる意味を生産することができ、それゆえ自然化と言う結果は人為的に生産され得るものである。そして第三は意味というものがこのように偶発性であることが分かれば、意味は社会的闘争の｛……｝結果にほかならないという事実である。
　（要するに自然化といえどもそれは見かけだけで、多様な意味の中から一つを選ぶのは恣意的・人為的で、その選択や決定の背後に社会的闘争の歴史を控えているというのであろう。）

　今問題にしたのはこの第二の概念のところの訳が特に不明であったからである。断っておくが全体としてはこの本の訳はよくできているし、今日の必要を満たすに時宜にかなった訳業であるのは間違いない。問題は意味不明のときは必ずと言っていいほど間違っているという真実である。そこ

39

でまず自分の意味不明に気づくためには訓故の学の訓練が大切だと言いたいのである。

　文学をエリート的価値の体系から外して、大衆文化を称揚する時の一つの基準は「行動的」ということである。それを証明する一つの例は丸谷才一・山崎正和『二十世紀を読む』(中公文庫 1999) である。エリアーデを除けばそこで取り上げられる五冊の書物はすべて行動の記録を軸にしたもので、それらは先のイーストホウプの主張する「快楽」的な魅力にあふれている[3]。それを「読み解く」のはまさに「言語化」の見本とも言うべきものである。ルポルタージュや歴史の最近の流行はそうした身体的、行動的世界への憧れを表しているのかもしれない。そしてそこには言葉の彩によって失われたり変えられたりする恐れは比較的少ない場面しかない。それをいけないというのではなく、その傾向だけになること、それによって失われるものがある、それへの目配りも忘れないことを言いたいのである。

注

1) W. H. Auden は Yeats を論じたときに、詩人の長所の一つに自分も excite し他者にもそれを与えて excitement を言わば社会化する力のことを述べている。pleasure というややあいまいな言葉よりも「感動する心」というのはこちらに近いかもしれない。

'The Public v. the Late Mr. William Butler Yeats'
　　　Partisan Rev. vol.6, no.3, spring 1939

2) Shelley の *Defence of Poetry* にも pleasure が幾度か使われている。

　　Poetry ever communicates all the pleasure which men are capable of receiving: it is ever still the light of life; the source of whatever of beautiful, or generous, or true can have place in an evil time.

　　常に詩は人間が受容出来るすべての快楽を伝達する。それはまた常に人生の光である。悪しき時代にあっても美と寛大さと真理として残されたすべての源である。

これと比べれば、Easthope などの文化論者の pleasure がより生理的、肉体的、フロイド的であること、逆に Shelley のそれが精神的であることがはっきりする。

3) 取り上げられたのは以下の書物である。
　　ビッキー・ゴールドバーグ（佐藤秀樹 訳）『美しき「ライフ」の伝説』―写真家マーガレット・パークホワイト
　　塚本哲也『エリザベート―ハプスブルグ家最後の皇女』
　　フィル・ビリングズリー（山田潤 訳）『匪賊―近代中国の辺境と中央』及び高島俊男『中国の大盗賊』
　　寺内大吉『化城の昭和史』―石原莞爾の日蓮主義
　　ビル・ビュフォード（北代美和子 訳）『フーリガン戦記』
　　ミルチャ・エリアーデ（石井忠厚 訳）『エリアーデ回想―1907-1937年の回想』『エリアーデ日記―旅と思索と人』

4．アングロ・アイリッシュ文学の教訓

　イェイツの政治嫌いについてしばしば引用されるのは『或る幻想』 A Vision の中の一章を形成する Ezra Pound 宛ての公開状と短い詩 'Politics' である。第一の文章ではイェイツ（「興奮しやすい職業」と「激怒しやすい精神」[1]の人間として）は芸術家という種族を撃ち合いの最中でも「心の動揺を知らない冷静さ」のある「老練弁護士、老銀行家、老実業家」と対比した。後者は英雄的美徳の持ち主というより「機械的な精神」の実例である。この冷静さの精神に比べてイェイツは自分を「人を感銘させる信念のある政治家」になぞらえているがそういう人は自分と同じく「時代に合わない」と言う。ここで彼が述べているのは一般的な政治嫌いではなく、情熱と雄弁と信念の人としての政治家が実業家のように心の動揺を知らず、計算高く、能率の良い、時代に合わす人間になった変化に反発している。またパウンド宛の公開状の後半は歴史が2000年のサイクルで先行の時代にたいし新しい時代が取って代わるのを述べている。

　「およそ2000年毎にこの世に何かが起こり一方を神々しく他方を世俗的にする、一方を賢明に他方を愚かに、一方を神聖に他方を悪魔的にするとしたらどうであろうか。」(p.29)というわけで新参の銀行家や弁護士は世俗的、愚か、汚れて、悪魔的であるのに対し、時代に合わなくなって行く古い人間は神聖で、賢明で、美しく、神的であることを暗示する。ここでなされる主張は政治的反感ではなく政治の中の支配的潮流に対する反感である。

　'Politics' という作品について言えば、老人に特有の個体的必要についての真理を語っているに過ぎない。老人にとってはいかに危機的であれ世界情勢などは魅力的な娘に比べれば物の数にも入らないという。

4．アングロ・アイリッシュ文学の教訓

　　　政治
　　　　この頃は人間の運命はその意味を
　　　　　政治の言葉で語る――トマス　マン
　あの娘があそこに立っているのにどうして
　私はローマやロシアや
　スペインの政治に注意を向けられよう。
　でもここには旅馴れた人が
　自分の話はわきまえていると言わんばかり
　あそこの政治家はよく
　ものを読み考えている。
　多分この人たちが言う
　戦争とその脅威は本当だろう。
　でもああ出来ればもう一度若返り
　あの娘を腕に抱きたいものだ。

　あるいはこの娘の魅力への関心はこの主人公の若さと活力の喪失感ほど大きなものではないかもしれない。にもかかわらず個人的は関心の方が世界政治よりもはるかに強烈で魅力的なのは変わりはない。というわけでここで述べられているのはたんに公的人生よりも私的人生を薦めているというより、老人の精神生活の現実についての事実を述べているに過ぎない。

　さて振り返って我々に分かるのはイェイツの人生がアイルランドの国家的独立に費やされたことである。ある人はモード・ゴンのためにイェイツは心ならずも政治に引き込まれたという。しかしそれは話の半分の真実に過ぎず、イェイツの視界からは国家の関心事が消えたことはないのも知っている。実際イェイツは小物政治家のつまらぬ戦術を軽蔑したが、圧迫され、堕落させられ、依存的になり、絶望した人々の間に国家の誇りを回復し自信を植え付ける、より大いなる事業には大いに関心を抱いていた。

　先に引用した公開状でイェイツはダブリン市街の撃ち合いの現実を述べたが、同じようにヒーニーも沢山の爆発や「救急車や消防車のサイレンが

あふれている」雰囲気のせいで歌と詩のレコーディングの計画を中止した話を記している。ヒーニーは北アイルランドの作家や詩人たちが日毎に直面する「緊張」[2]を繰り返し語る。その緊張はこの人たちにその日常的経験を高め密度の濃いものにすることを迫る。イェイツが話の中でなぜ射撃の挿話を上げたのかはヒーニーほど明確ではない。しかし間違いなく彼はこれら銀行家や弁護士という新しい型の政治家のもつ「動揺を知らぬ」鈍感さを批判している。

　ヒーニーが撃ち合いの挿話を取り上げたのは喜びと苦しみ、「芸術と人生、歌と苦悩」の対比を際立たせるためである。我々はローマ皇帝ネロのように快楽というぜいたくに耽るといって詩人を非難する批評を知っている。ネロは燃え上がる都を眺めながら器楽を奏し踊ったと言われている。この批評に対抗しヒーニーが持ち出すひとつの例は Wilfred Owen である。オーウェンは祖国のために死ぬのが「疑い無く愛国的義務」だとする一般の戦争英雄主義に異議を唱え、「それが本当に義務であるかどうかを問いかける権利」を守ろうとした。従ってヒーニーには圧倒的な現実を前にした詩人の立場は「世界の中に位置を得ること、自分の芸を磨く贅沢にふける権利を得ること」[3] である。

　こうして我々はアイルランドの此れらの文学者たちは近代国家の初めから文学を社会、現実に抗争中のアイルランド社会の一部として受け止めることを余儀なくされたことが分かる。彼らはこの文学－政治－社会－宗教の複合体を当然の事柄として、不可避の条件として受け取らねばならなかった。

　しかしながら彼らの一つの利点はアイルランドが一つの緊密な社会としてすべての問題がその成り行きも含めてほぼすぐに視覚化できることである。ここでは一部分が全体と不可分（逆も同じ）である。それは社会構造だけでなく、文化的にもすべての活動にあてはまる。そして文学はそれ以外の世界の影響を排除したことはない。文学と政治と社会と宗教はいわば相互に補完的で影響しあい是正的作用を有している状況はイギリスよりもフランス社会に近い。イギリス社会をスティーブン・スペンダーはかって

4．アングロ・アイリッシュ文学の教訓

フランス社会と比べ作家の政治的発言や政治参加を多少とも異様な目で見ると述べたことがある。

さてここに日本人がアングロ・アイリッシュ文学から得た第一の教訓がある。日本の近代化の始まりは西欧のロマン派文学の時期と一致したがゆえに、また日本には短詩形の叙情詩の長い伝統があるがゆえに、日本人は叙事詩よりも叙情詩を好み、文学を狭く純粋に審美的に考える傾向がある。例として日本におけるホイットマンの受容を考えたい。日本の近代に「大正デモクラシ」と呼ばれた短い時期があるが、それは明治と昭和という二つの拡張主義の時代に挟まれた時代である。この時期に「民衆詩派」という詩人のグループがあり、彼らはホイットマンやエドワードカーペンターに関心を持ち、何人かは『草の葉』の日本語訳を行った[4]。不幸なことに彼らの英語力は意図に匹敵する実力を伴わなかった。それで学者詩人の矢野峰人は彼らの努力を酷評し多くの誤訳を指摘した。あまつさえ自分としてはホイットマンのような詩人を訳する意味は全然認められないとまで付け加えた[5]。残念なことに今から百年以上前は今日のようにアメリカ詩の二大潮流の一方であるようなホイットマン評価は本国でもなかった[6]。矢野の評言は批評とは程遠いもので時代的限界というより個人的偏見に近い。それにしてもこのような偏見が日本におけるホイットマン受容をいささか遅らせ、日本近代詩の健全な発達にある歪みを与えたことは否定できまい。

わたしはいささか脱線したがこのエピソードは日本人がロマン派的原理に従い文学を必要以上に象徴的、審美的に鑑賞しようとする傾向があることを示している。この傾向に対し、アイルランド文学は是正的に働き、文学をそれ以外の影響を排除する狭さから我々を解放してくれる。

第二の教訓は民族的要素が借用した言語でどのように表現できるかの問題である。アイルランドには英国とゲールの伝統が併存してきたのを知っている。しかし言語的にはゲール文化は英語で表現される方が多い。そこにゲールの伝統を独立に主張する困難がある。にもかかわらずアイルランドの至る所にゲールの実体が行き渡っていることを否定できるものは誰も

いない。

　ヒーニーが『ペンギン英国現代詩選』に加えられたとき二人の編者 Blake Morrison と Andrew Motion に対し「公開状」でやんわりと抗議した。

　　　理解されたし
　　　僕のパスポートは緑だということを、
　　　僕らは乾杯は一度だって
　　　女王陛下には捧げなかった。

　それより先の現代英詩の編者 A. Alvarez[7] とは違い、この二人の編者は最初からヒーニーには共感的理解を示し彼を英詩の新時代の開拓者と考えた。Thomas C. Foster によればこの「公開状」は「気まぐれのほとばしり」[8] ということであるが、ヒーニーとして自分の編入を黙認するわけにもいかなかったのは理解できる。「公開状」は英語で書かれているが誰にも分かることはどれ程反抗的で反体制的であってもこのように書く英国詩人はいないことである。ヒーニーが英国の遺産であるワーヅワースやホプキンズ[9] の愛好者であるのを知っているので、非英国的とは単に言語の問題だけではないのではないかと思う。

　ニール・コークラン（Neil Corcoran）も指摘したようにヒーニーはカリブ詩人デレック・ウォールコット（Derek Walcott）、ロシアから来たヨシフ・ブロッツキー（Joseph Brodsky）、チェスラウ・ミワッシュ（Czeslaw Milosz）[10] などの亡命詩人により大きな親近感を抱いた。三人とも英語を採用したが言語の問題は別として、三人とも自分の民族的本質に相変わらず強い信頼を持ち続けている。彼らの例はヒーニーの中に言語的固有性以上のものを培う可能性について確信を与えたであろう。また逆に彼らの側でもアングロ・アイリッシュの先例から自分たちの可能性を学んだことであろう。アイルランド詩人にとって英語の衣をまとったゲールの伝統は半ば当然のごときものであったにしても、ほかの伝統からも類似の例が見つかることは

4．アングロ・アイリッシュ文学の教訓

勇気付けられることであろう。

　一方英国側でも伝統的態度や観念を修正する反省があった。「標準英語」という観念や大学で教える標準的古典を見直そうとする動きがある。ある批評家たちが主張するのは「今日最もダイナミックな英語」に出会うのは英国の外であるから、もっと話し言葉や方言に注目すべきであるという[11]。その関連で名前の上がる作家は Saul Bellow、Alice Walker、Toni Morrison、Nadine Gordimer、V. S. Naipaul、Chinua Achebe、Anita Desai、Salman Rushdie などですべて非英語伝統のところからの出身である。標準英語という観念が培われたのは教養ある（高い教育の）作家に書かれた文学を通してである。しかし今では方言を話すアナウンサーをもっと雇用しようとする放送会社の改善が見られる。アングロ・アイリッシュはもはや単なる方言ではなく、習得された言語による民族的自己同一性を確立する最も新しい問題を突き付けている。アフリカやアメリカやイギリス、日本、世界中で同じ問題が生じており、それは常に共同体の少数派の問題と関連している。日本でも日本に住み日本語を話し日本語で書く李灰成[12]を初めとした韓国系の作家がいて、与えられた条件に適応すると同時に元来の民族的自己同一性をどう保持するかに苦心している。

　イェイツが上院で少数派（プロテスタント）の離婚権についての演説をしたとき（言語的には主流という）逆の立場からではあるが問題は既に出されていて、今に始まったことではない。多数派のカトリックの中でこの権利を主張するには彼らのものとは違う自己同一性を強烈に意識する必要があった。

　　私は自分をあの少数派の典型と考えるのを誇りとする。あなたがたがこのような仕打ちをする我々は決して取るに足らない人々ではない。我々は西欧の偉大な種族の一つである。エドマンド・バークの民である。グラタンの民である。スイフトの、エメットの、パーネルの民である。我々はこの国の近代文学の大半を創り出した。我々はその政治的知性の最良のものを創り出した。だがもう起こってしまったことを歎くまい。我々が活力を失っ

47

てしまったかどうか私はやがて分かる。もしだめなら私の子らが分かるであろう。……もし活力を失っていないならあなたがたの勝利はつかの間で敗北は必至であろう。そうなってこの国は初めて変容するであろう[13]。

　この多数派と少数派は同じ言葉を使いながら全く違った文化を主張する。しかしどちらかを絶滅する方法はなく、両者を融合する必要があるだけである。このグローバル化の時代にあって対立する党派を融合する必要は以前にも増してはるかに高まっているし緊急性も帯びている。
　第三の教訓はこの少数派の問題から派生する。一つのnationの形成には民族的自己同一性の主張がまずもって強調される。そしてIrishness（たいていがゲールの伝統）の本質を抽出する多くの努力がなされてきた。その傾向は一つの性格を単純化し過ぎて目立たない方は隠す方向に働く。今や潮は流れを変え、今まであったことを再考し再評価する動きがある。歴史の見直し（revisionism）がそれである。彼らは統一アイルランド人という国粋主義的スローガンより多様性を含む統一を主張する。わたしの考えではそれは多数派から小数派へ、中央集権から地域主義へ、集中から多極化をへて多元性への世界的な動きとつながっている。英国に対するアイルランドは正統に対する異端、集権に対する分散、規範に対する自由、中心に対する周辺（周縁）を表している。
　しかしアイルランド国内でも外部の広い世界と同じ図式が繰り返される。北の詩人たちは特にパトリック・カヴァナとルイ・マクニースの先例に倣おうとする。この二人の詩人はイェイツの態度と対極に立つ点で相互の態度を尊敬していた。カヴァナはイェイツの中央集権的傾向に抵抗し地域主義を、地域主義というより教区主義を主張した[14]。この二つについての彼の区別は印象的である。それは彼の雑誌が「教区的」だとの批判にたいして答えた弁明である。

　　……教区主義と地域主義は正反対である。地域人は自分自身の精神を持た

ない。彼はどんな主題についても彼の目がいつも向いている首都がどう言うかを聞くまでは自分の目が見るものを信じない。このことはあらゆる活動に浸透している。
　他方、教区主義的精神構造は自分の教区の社会的芸術的確かさについて一度も疑わない。ギリシャ、イスラエル、イギリス、すべての偉大な文明は教区主義に基づいている。
　近代の文明の最も教区的なのはイギリス人である。イギリスのどんな新聞、どんな週刊誌でもいいが開いてみると、それらすべてはその地域の人を知らない人は完全に黙殺され、自分の教区の私的世界だけを問題にしているのが分かるだろう。例えばニュウステイツマン誌がたまたまナイとクレムに言及するとしよう。それは我々もこれらが何者かを当然知っているものと考える。……
　アイルランドでは我々は地域的だが教区的ではない。教区的とは大いに勇気が要るからだ。我々の教区の勇気を持とうとするとごまかして、アイルランド海の対岸のより大きな教区に媚びようとする。最近二人のアイルランドの偉大な教区主義者がいた。――ジョイスとジョージ・モアである。彼らは何の弁解もしなかった。大衆は彼らの方に近寄って来るか知らないままに終わるかであった。英国の教区主義者は他人の教区の勇気を認める。
　教区的勇気を持ってもこの国ではいつも攻撃的なもので、当たり前の性質のものではない。恐らくこの国の真の政策は地域主義を破壊することだ。教区主義は感性の鋭い人にこの社会での人生をひどく苦痛のあるものにする。ひなびた教区に勇気を持つのを恥じるなと助言するのは多くの危険を伴う。じゃがいも畑の一坪こそ究極のものだという考えを楽しむ虚勢的要素がいつも付いて回る。教区的であるのには人は正しい種類の鋭い勇気と正しい種類の鋭い謙遜心が必要だ。

　やや長い引用になったが、この問題は後に平和の問題を論じるときにも重要になる。ご承知のようにこの国の排他的息苦しさの圧迫がジョイスをして自ら進んで亡命者にさせた。しかしこの勇気、自分とその住む土地への自信が右顧左眄しない、また他者の長所を認めそこから学ぶための重要

な要素である。こうして我々は多数・少数の対立の問題から、偏狭さの解放と寛容と忍耐の習得という教訓を学ぶ。

　またマクニースはイェイツの貴族的価値よりも民主的平民的価値を好んだ。彼もまたアイルランドの特殊性に土地の狭さの問題で似た批評を行っている。「地理学的に見てアイルランドはイギリスよりもかなり小さい、人口の点では確かにずっと小さい。この特徴的な小ささは、本質的に大きいと見なされるイギリスに対してこの国の人を団結させるが、自らには分裂をもたらす。スペインにおけると同じく非常に強い地方的感情がある。隣の教区の人はよそ者なのだ」[15]。この自立意識の傾向は最悪の場合狂信的愛国心や地方根性に成ることもある。しかしここでマクニースを引用したのは彼がこの小さな土地の地域性を称えているからではない。彼はイェイツの詩が生まれる背景を語っているに過ぎない。彼は通例如何なる一般化にも反対である。「強烈な感情」もしくは「或る倫理的威厳」を持った詩を基準にするワーヅワースに反対してマクニースは言う。「最も偉大な詩の多くはそのような感情を含んでいる。しかしたとえ最も偉大であってもある種の詩の特徴をすべての詩の必須条件にするのはよくない」[16]。これは小さなものや目立たないものの弁護である。そういうものは大きいものや支配的なものに簡単に蔭らされてしまう。彼は蔭らされたものに「否」を言う余地を残そうとしている。今引用した書物は彼ら'30年代の世代の詩を弁護するものである。マクニースも認めているが彼らオーデンやスペンダーがマルクス、ロレンス、フロイドから受け継いだものはいささか「無政府的」無秩序である。しかしと彼は主張するように見えるのだが、これは或る統合に至る多くの道筋の一つだと。「これらの詩人の誰ひとり非現実的なほどに無政府的ではない。彼らは無条件な存在にあこがれているのではない。彼らにとっての自由は諸条件からの自由ではなく、自分たちの条件を明晰に見てそれを基礎に必然と思える目的に向け働きかける自由である」[17]。

　というわけで教区的自立、侵害されない最小の自由はイェイツ以後の、

4．アングロ・アイリッシュ文学の教訓

モダニズム以後の、アイルランド国家の独立以後の、特にふさわしい必要な提案である。

　それにまた1916年の復活祭蜂起をより客観的な文脈に置こうとする反省もある。過去にこの事件をあまりに神聖化し過ぎたきらいがあったのではないかと思う人もある。シェイマス・ディーンは歴史を神話化するうえでのイェイツの役割を指摘する。この種の神話化は現実よりも幻視の方を好む[18]。「復活祭1916年」のイェイツは将来の歴史的現実に言及する。

　　あれは結局犬死だったのか。
　　だっていろいろやったり言ったりしたが
　　英国は約束を守るかもしれないからだ。

　その一方で彼は未来を予言してこの事件の神話的側面を強調する。

　　マクドナにマクブライド、
　　それにコノリとピアスは
　　今も今後も
　　緑の衣服がまとわれる所では
　　変身する、完全に変身する。
　　恐ろしい美の誕生だ。

　後半の「恐ろしい美の誕生」が半ば実現した真実であるがゆえにこの予言はより一層力を持つ。「大きなお屋敷」と貴族階級を結合したイェイツが恣意的で非歴史的であることを指摘するシェイマス・ディーンはその危険を知っていたのである。このように起こったことを聖なるものとし恣意的に配列することは歴史の別の可能性を排除する。起こったことを唯一の選択肢とする、あるいは現実の代わりに幻視の方だけを採る、それは現体制を唯一の正しいものと受け止めるか、もしくは批判の真の対象を隠すこ

とになる。

　わたしは自分を特に宗教的とは思わないが、この文脈ではエドウィン・ミュアーの言った箴言的言葉が有効に思える。彼によると歴史は既に起こったことを扱うのに対し、宗教はあったかも知れぬことを扱う[19]。

　歴史は人間の限界の記録であり、時間の中で結果として作用した行為のみを受け入れ、それ以上は受け入れない。宗教は時間の中で結果として作用しようがしまいがかかわりなく、人間の欲望・失望・実現の全体を受け入れる。宗教の基礎は従って時間的にはより制限を受けているように見えるが歴史の基礎よりも広いものである。つまり生誕から死までの人の一生の外的・内的全体を扱うのである。

　これは失われた機会を回復する方法である、あるいは宗教的に言うなら失われた可能性を贖うと言ってもよい。とにかく問題は信仰というより想像力の問題である。与件としての現実に対し想像力によって別の可能性を対峙させることは考える機会を与えること、現実の貧しさを改善することである。そのようなわけで先の政治家や愛国主義的文学者は言葉の元々の意味で保存（保守）的である。彼らは保存（保守）に熱心である、既に手にあるものを保ち、より善きものに向けての挑戦と努力の機会を無為に逃すのである。他方想像力の人は海図のない海を旅するのを恐れない。こうして両者の側の相互批判は現実と想像力の両者を豊かにする。

　第四の教訓は必ずしもアイルランド文学だけからのものとは限らない。想像力が現実に対して別の可能性を提示したように、ゲールの伝統は現実認識に別の道筋を示す。我々はデリダの言う「言語中心主義」の思考にあまりにも慣れ親しんでいる[20]。ギリシャ／ローマの伝統の因果律による認識は余りに説得力が強いのでそれ以外の認識を排除するほどである。しかし『ケルズの書』『ダロウの書』の意匠が示すようにそこでは因果の原理が全く場違いな別の認識方法がある。それらの挿絵（あるいは彩飾 illuminations というべきか）には異なった次元が同一面で出会うピカソの作品の顔のように前向きの顔に横向きの鼻があるのを見る。あるいは「トランペッ

4．アングロ・アイリッシュ文学の教訓

ト文様」の渦巻き図形では初めと終わりの区別がつかない。一つの終わりは別の始まりに不可分に吸収されている[21]。直進型の因果的図形に慣れた我々の目にはこれらの意匠は全く恣意的で、幻視 (visions)、空想 (fancies)、幻想 (fantasies) 何と名付けて良いか分からない[22]。それらの表現様式は時間的というより空間的、連鎖的というより同時的である。それは視覚芸術に止まらず、言語芸術もまたこの思考方法に影響されている。リチャード・キアーニィはジョイスから借りた例として「一度に二つの思考」としている。「ジョイスはダブリンをラグリ (lugly) と呼ぶことができた（この生まれた街の lovely と ugly というあいまいな印象を同時的に伝えるのに）」[23]。『フィネガンの通夜』はそうした表現に満ちている。この認識方法は（どの土地も世界の中心とは見なされず他よりも大きな重要性を付与されない）今日のようなグローバル化時代には特に適している。

　教訓の最後はこの闘争に引き裂かれてきた国からの平和の伝言である。この国ほど闘争に手ひどく苦しみそれを克服しようとこれ程懸命に努力している国はそう沢山はない。従ってこの国が提供する平和の雛形に他国が耳を貸すように求める権利を有している。既に見たようにこの数十年の闘争の後、アイルランドはやっと流血の空しさに気づき始めたようである。しかしアイルランド性を確立する制度を築くための精神的肉体的な激しい苦闘の後にやっとそのような結論に到達したのである。そのような制度が出来てもその雛形だけでは一国が平和に繁栄するのに十分ではない。民族国家、とりわけ排他的理念にまで純化された国家はグローバル化の世界ではいささか時代遅れである[24]。

　グローバル化はしばしば経済・政治・伝達用の言葉で使われる。しかしもちろんそれは単に資本の原理のためだけでなく、もっと人間的価値に従った世界の再編に、人間関係に応用することも可能である。これはグローバルに承認された人間的価値の時代を表す言葉でもあり得る。既に見たように政治家たちは彼ら独特の現状を固定するようなやり方で「民族的」、「現実的」になる。それに対して想像力の人は未来に対し別の歴史の可能性を

示し、目の前の「現実」に批判的になり得る。こうして「新しい価値」は多少とも「共有志向型」であるのに対し、「古い価値」は所有的で排他的である。このようにアイルランド作家や詩人は自分の精神の中で先ず平和の道筋を自問自答することを余儀なくされるゆえに他よりも豊かなテキストを提供しつつある。

　ストックホルムの演説でヒーニーが自分と自分の環境との和解、自分と自分の内なるヴィジョンや理念との和解の可能性について語ったのは誠に時宜を得たことであった[25]。彼は詩人の名に恥じぬ専門の人として、詩の力について語る。その力とは「外部の現実の力に真に対応する、また詩人の存在の内なる法則に敏感に反応する一つの秩序」を実現する、少なくともリアルにするものである。「その秩序はまた我々が成長するにつれて溜め込んだものに我々がついに相応しくなれる場としての秩序、知性の面で貪欲で愛情では補足可能なすべてを満たすような秩序」である。これがあるからこそ彼は詩への信頼を保ち得る。より多くの人間的価値を強め培い広める力を我々に委託する、そのような詩への信頼を[26]。この彼の立場は数年にわたって既に明らかである。繰り返し彼は偉大な文学が怒りや悲しみや絶望を激化させるのではなく人間の精神を沈静させる力があることを語り続けている。

　同じように日本のノーベル文学賞受賞者、大江健三郎氏も前年の1994年ストックホルムの講演で文学の治癒力について語った。自分はフランスユマニストの伝統に連なることを認め大江氏は文学が作家と読者の双方をその個人的傷痕と時代の痛苦から回復させ魂の傷を癒す力があると語る[27]。この二人がほぼ同じ趣旨を発信したのは偶然ではあるまい。ついでながら両者はイェイツの恩恵を認めている。両者は幾つかの点を共有している。彼らはともに文学の積極的価値を語り、この分裂に切り裂かれた世界でもなお文学がなし得ることがあるという強い信念をもつ。この世界の混迷に対し彼らは人間の遺産の最良のものとの接触を通して我々が自ら回復する信念を取り戻すように努めている。

注

1) Yeats: *A Vision* (Macmillan) pp.26-7
2) Heaney: 'The Interesting Case of Nero…'. in *The Government of the Tongue* (Faber) pp.xi-xii, xv.
3) ibid. p.xvii
4) 民衆詩派　白鳥省吾、有島武郎、富田砕花
5) 矢野峰人「近時の詩界」　「帝国文学」（1920 Jan.）
   日本におけるホイットマンの影響については以下の書物を参照。
   吉武好孝『ホイットマン受容の百年』（教育出版センター 1980）
   佐渡谷重信『近代日本とホイットマン』（竹村出版 1969）
6) cf. Richard Ellmann ed.: *The New Oxford Book of American Poetry* (OUP 1976) エルマンはそこでアメリカ詩の二つの伝統を挙げるが、ホイットマンは以後の全ての詩人に影響したのに対しディッキンスン（そしてポウの流れ）は余り影響しなかったことを述べる。
7) A. Alvarez ed.: *The Penguin New Verse* (1962) Alvarez は序文でこの出版は Heaney の登場にはやや時期尚早であったかもしれないと述べるが、以後も彼はヒーニーには冷やかな反応しか示さない。もっとも a 'personal anthology' であると断ってはいるが。
8) Thomas C. Foster: *Seamus Heaney* (The O' Brien Press 1989) p.9
9) cf. Heaney's Essay on Hopkins 'The Fire i' the Flint: Reflections on the Poetry of Gerard Manley Hopkins' included in the *Preoccupations*. pp.79-97
10) Neil Corcoran: *Seamus Heaney* (Faber 1986) pp.38-9
11) The Critical Quarterly vol.35, no.4 (1993) A. S. Byatt: Reading, writing, studying. Some questions about changing conditions for writers and readers. Brian Cox is quoted from his The Great Betrayal.　and vol.32, no.4 (1990) Colin MacCabe: Language, literature, identity: reflections on the Cox Report, and Simon Frith: The 'Cox Report' and the university
12) 李灰成『砧打つ女』、『青丘の宿』、『伽倻子のために』、『追放と自由』、『青春と祖国』
13) *The Senate Speeches of W. B. Yeats* (Indiana U. P.1960) p.99
14) Patrick Kavanagh: Kavanagh's Weekly vol.1, no.7
15) Louis MacNeice: *The Poetry of W. B. Yeats* (first OUP 1941, Faber 1967)

p.50
16) MacNeice: *Modern Poetry* (OUP 1938) p.41
17) ibid. p.16
18) Seamus Deane: 'The Literary Myths of the Revival: A Case for their Abandonment' included in Joseph Ronsley ed.: *Myth and Reality in Irish Literature* (Wilfrid Laurier U. P. 1977)
19) Edwin Muir: in 'Oswald Spengler' in *Essays on Literature & Society* (The Hogarth 1949)
20) Richard Kearney ed.: *The Irish Mind* (Wolfhound Press 1985) introduction
21) James Johnson Sweeney ed.: *Irish Illuminated Manuscripts* (A Mentor Unesco Art Book 1965) introduction.
22) Iain Bain: *Celtic Key Patterns* (Constable 1993) 序文で Bain は次の特徴を列挙する。'four principal forms of ornament; knotworks, spirals, key patterns and interlacing human, beast, bird and reptile figures'.
23) Kearney: op. cit. p.10
24) cf. Hugh Leonard: 'The Unimportance of Being Irish' Maurice Harmon; 'Definitions of Irishness in Modern Irish Literature' Both are included in *Irishness in a Changing Society* (The Princess Grace Irish Library 1988)
25) Heaney: *Crediting Poetry* (Gallery Press 1995)
26) ibid. p.11
27) Kenzaburo Oe: 'Japan, The Ambiguous, and Myself' included in selected essays of his under the same title. (Kodansha International 1995) p.127

5. ケルト・アイルランド文化の映像性

　かって筆者はアイルランド文学受容の歴史の3段階をイェイツに限って述べたことがあった[1]。これらの段階は個々の作家のみならず、対象となる国家単位に見ても異文化受容の普遍的なパターンでもある。ただその段階毎の濃淡・長短・広い狭いの度合いが母国文化の事情によって大きく左右される。

　1) 翻訳・紹介　関心はシンボリズム（象徴詩）　cf. Yeats: 'Philosophy of Shelley's Poetry', 'Symbolism in Painting', 'The Symbolism of Poetry'
　2) 日本的特殊性　能、神道、仏教　cf. 'Certain Noble Plays of Japan'[2] 『鷹の泉』(At the Hawk's Well)
　3) 本国の研究者と同じ地平に立とうとする。

　以上はすべて文学上の関心としてあったが、この第一の段階は日本の伝統にある短詩形にも近い叙情と象徴性への関心が中心となった。その渦中の一人、矢野峰人[3] も最初の関心が象徴主義にあったことを証言している。また当時の富国強兵の手本に英国がありそれら国策の強制からの自由として同じころのアイルランドにあった「英国脱却」が直感的に結び付いたことも述べられている。この象徴主義とは別の流れでアイルランドに向かった詩人もあった。大正10年前後の「民衆詩派」の人々の一人富田砕花[4]で、彼の視座にはホイットマン、カーペンターの民主主義的関心があった。その公正と正義への憧れが反植民地主義、大国の横暴に対する小国への共感などをかき立てた。これはアイルランドの近代の成り立ちを考えれば半ば当然なことで、文学が国の独立や経済発展と結び付いている教訓は審美的関心以上に社会的・倫理的意味を提示したと言ってよい[5]。

それはまた文学研究をもっと広い文化的文脈で捕らえ直そうとする近ごろの動きの先駆とも言える。最近のケルト・アイルランドへの世界的関心の流行も似た条件を背景にしている。中央よりも地方、集団よりも個人に力点を置く傾向は社会的正義と公正を求める民主主義の必然の流れであるし、ルネサンスから19世紀にかけての西欧の主流伝統の見直しという最も今日的課題をケルト・アイルランドが突き付けているところもある。

　グレコ・ローマン以来の人像主義、人間中心の世界観に異議申し立てをし、別の歴史を考える際のモデルとしてケルト・アイルランドの伝統を考えようとするものである。すべてを人間の基準に合わせて、神すらも人間の似姿で考えようとする、それに対し物事を関係性の連鎖の中で考える図式は確かに新鮮である。科学的正確さ・厳密さを追求するあまりに、すべてを分析的、局部的に捕らえる傾向に対し人間的基準の外にそれを包み込むもっと大きな文脈が存在する考えを対置する。ケルトのドルイド以来の伝統が直線より曲線、集団より孤独、肉体より精神、音より沈黙、見えるものより見えないものを復権させようとする傾向はしばしば論じられる。それはまた文字より映像に加担する今日的傾向にいささか迎合する観すらあるほどである。しかしそれは決して非科学的、神秘的なものではない。

　ここに一つのケルト的伝統を歌った現代詩人がいるが、ジョン・オ・ドノヒュ（池 央耿 訳）『アナム・カラ』（角川書店）[6]である。anam とはゲール語で soul、cara は friend を意味するという。この一つの言葉、「魂の友」にオ・ドノヒュはすべての善きものを代表させているが、それは対立・分裂・敵対・破壊・暴力などにたいする「癒し」の言葉だという。つまり内と外、主観と客観、個と集団、肉体と精神、死と生、孤独と連帯、限界と連続の二元論的対立を解消させる魔法の言葉である。言い換えれば「愛」が表す和合・親和・結合・統合のメッセージである。

　先のような分裂は、外部世界だけに捕らわれると、内なるものは抑え難い飢餓感が付きまとい、人は釣り合いの取れた健康を失うという。「釣り合いを保つためには我々は内と外、可視と不可視、既知と未知、一時と永

遠、旧と新を共に保持しなければならない」(p.xvi)。別の言い方をすれば「ケルトの想像力は自然と神と冥界と人間界を一つのものとして内包する心のうちの友愛を現している」(p.xvii)。それはまた別の詩人シェイマス・ヒーニーが述べた偉大な文学がもつ力、事態を荒げ痛みを増すのではなく鎮静と癒しに向かわせるものであると言うのと同じであろう。

しかしそのような傾向一般の存在は理解できるとしてもそのすべてをアナム・カラという一語に集約するのはいささかロマンチックに過ぎる。ただし、ここに今日のケルト文化に対する世界的関心と期待の源があるのも確かである。このいささかロマンチックなケルト観に類似の見方は先の日本におけるアイルランド文学受容の第一段階、象徴主義に引かれた反理性、反科学、反合理主義にその先駆を見て取ることができる。それはまた神秘主義、不条理の観念として今日でもその傾向を引きずっている恐れがある。例えば上野景文氏は現代日本に残るアニミズムの残滓を挙げた後、この国特有の不徹底・不透明な異文化同化の仕組みを次のように述べる。

> より一般化して言えば、日本文化に残るアニミズム性は、輸入された「西洋文明」の有する理念性、イデオロギー性、論理性、透明性、絶対主義的アプローチなどを大幅に薄める「働き」を有しているということが出来よう。比喩的にいえば、取り入れられた「西洋文明」は、アニミズムの「溶剤」に解かされ、「解毒」されたのだ[7]。

この論法の先に西欧では既に克服され否定されものが、幸か不幸か残って居る日本が新しい文化の受け皿として期待されているようである。しかし単純にそれは喜んでいいものかどうかは疑問がある。先に上野氏が挙げておられたアニミズムの残滓的要素がこの国に多くの不幸をもたらした決算はすんでいないからである。

また今なぜケルトかという流れで言えば、その関心を引き起こした理由の幾つかには1)考古学の進展と発見、2)近代ヨーロッパの世界観の破産、

3)中央集権志向から地方や周縁へ向かう関心などが考えられる。1)と3)は歴史の流れとしてまずは自然であるが、2)についてはいささか複雑な事情がからんでいそうである。ここで問題となるのは近代、科学、進歩をどう見るかということである。近代批判の主要な問題は次の二つに典型的に見られよう。まず一つは近代科学の成果は合理主義の産物で、機械化、科学技術の成果とそれへの信頼が主流になり過ぎた結果、功利万能主義に陥ったこと、その過程で人間本体の幸せを追い越したことである。第二には実証の厳密さと科学性を追求するとき分析的で有効範囲の設定（カテゴリ化）を余儀なくされるが、そこには自ら証明できないものを非科学的として排除の論理が働くことである。これは今到達した技術や知識の水準を絶対化する過ちを犯すことなる。しかし本当の危険は次のところにある。先の二つの危険を恐れたり、それへの過度の拒絶反応から非合理と迷妄への逆戻りの傾向のあることである。ケルト文化を古いアニミズムに短絡させることにはその危険を感じさせる。

　もう一度先のイェイツの象徴論に戻って考えてみると、それは必ずしも単純な反知性でないことがわかるであろう。
　シェリィの哲学を論じ、理性より想像力を重視すべきであるというような表現を聞けば反知性と見える。しかし「神秘的な意味というものはその抽象性、微妙な区別で通常の読者に解らないかもしれないが決して曖昧ではない」もの、「神聖な秩序」は、「知的な美」のシンボルを形成する。個人の記憶は「大いなる記憶」、もろもろのシンボルの棲み家である。「古来のシンボル、作家が強調する一つ二つの意味、彼の知っている10個ばかりの意味のほかに無数の意味を持つシンボルによって初めて、高度に主観的な芸術はあまりに意識的な配列の不毛さと浅薄さを免れて、大自然の豊かさと深みに入ることができる」[8]。これらの言葉は決して韜晦趣味や曖昧さの称賛ではない。
　また絵画の象徴主義を論じてブレイクの言葉を引用し「シンボリズムを

5．ケルト・アイルランド文化の映像性

意味する vision とか imagination は実際にあるいは不変に字義どおり存在するものの再現である。fable とか allegory は memory の娘たちの作るものである。」として、その後あるドイツ人の言葉で「シンボリズムはそれ以外の方法ではこれ程完全に言えないものを言い表したので、それを理解するには正しい本能を必要とするだけだった。一方アレゴリは別の方法でも同じくらいもしくはもっとうまく言えるであろうことを言い表したのでその理解には正しい知識が必要だった。前者は黙せるものに声を与え、肉体なきものに肉体を与えた。他方後者は見聞されたものに、意味よりもそのもの自体のゆえにを愛されるものに、既に声も肉体も備えた一つの意味を、読み込んだ」[9]。

　これらは強靭な思考力と記憶とそれをまとめる推理力を必要とする文章である。それはまた悪しき科学、効率に毒される以前の知性を示している。
　「詩の象徴主義」でも似たことが言える。「精神の目」mind's eye[10]「精神の深み」a deep of the mind[11] という言い方には、記憶の作動する場と精神の中の高度に知的な働きを意味している。これらのエッセイに登場する言葉Memory、imagination——intellect、mind、contemplation、integrity、consciousness、labour、perseverance、humility などは意識的な知性、自己の要求を矛盾なく選択する力よって一つの目的に向かう意志を感じさせる。
　トマス・カヒル[12]はアイルランド修道院が中世に、文字を伝える伝統によって、西欧文明を破壊と野蛮から守ったことを語る。この時までにケルト社会はキリスト教化し、写本の技により文字の文化を習得していた。彼ら修道僧はゲルマン諸部族の破壊、殺人、強姦などの蛮行の中に福音書の善き知らせを広めたという。しかし考えてみれば文字文化の習得以前に、また以後にもふさわしい知性の訓練があった。先にわたしは今日の文明が作り上げた成果を疑問視する傾向のことを上げた。そして功利主義に堕落した文明を非難するあまりに知性一般を否定することに疑問を呈した。西欧の伝統の知性の対立要素としてのみケルト的特性を捕らえることの危険はここにある。文字を持たなかったにしても彼らは記憶を鍛えることで高

度な知性の開拓には余念がなかったのである。それは磨かれない知性への逆行よりも、西欧近代の知性が片寄った知性であって、今日でもなお未開拓で鈍感な知性であることを教えている。つまりもう一皮外から見る視点によって反知性、反合理主義、反理性ではない、現在の理性批判、合理主義批判が可能なことを教えている。この側面を見ることなしには、我々は一度は克服してきた野蛮さに再び逆戻りするに過ぎないことになる。神秘主義や韜晦性を称揚する傾向にケルトへの関心を結び付ける方向には未来はない。

5．ケルト・アイルランド文化の映像性

注
1) Toshi Furomoto: A Search for a National Identity; Three Phases of Yeats Study in Japan
　　David Pierce ed.: *W. B. Yeats Critical Assessments* vol.IV(1980-2000) (Helm Information 2000) pp.653-9
2) W. B. Yeats: *Essays and Introductions* p.111, p.146, p.153, p.221
3) 矢野峰人－井村君江（インタヴュー）－愛蘭文学回想「幻想文学」第2号（1982年11月）
4) 富田砕花「早稲田文学」そして「愛蘭文学」
　　　風呂本武敏『詩ありて　友あり』（山口書店　1993）
　　　忘れられた愛蘭文学研究者－富田砕花
　　　芦屋市教育委員会『富田砕花資料目録　第3集』（平成6年）
5) 松尾太郎：『アイルランド問題の史的構造』（論創社　1980）
　　　アイルランドが日本でも植民地経営の手本として関心を持たれたことを指摘している。p.161 参照
6) John O'Donoghue: *Anam Cara* (Cliff Street Books 1997)
7) 鎌田東二・鶴岡真弓　編著『ケルトと日本』（角川）p.204
8) Yeats: op. cit. p.87
9) Yeats: ibid. pp.146-7
10) Yeats: ibid. p.77, p.151
11) Yeats: ibid. p.225
12) Thomas Cahill: *How the Irish Saved Civilization* (Anchor Books 1995)
　　　トマス・カヒル（森夏樹　訳）『聖者と学僧の島』（青土社）

6．分析的精神の規定性
―― イェイツ詩を読む悦び ――

　イェイツの難しさについて、読み初めの人から質問を受けることが時々ある。それに対する答えは、最初からすべてを一挙に理解しようと努めず、いわば「円環的に」cyclic に読むことを薦めるのである。それはある意味で弁証法的な成長過程であり、旧い自我が新しい自我に欠点／限界／不足を指摘され、新しい自我はそれらの除去／修正／取り替えの作業を通して、自我の変化のメカニズムの知恵を、自らのうちに潜在する旧い自我と似たような限界からの脱出のの可能性を学んで真の新しい局面に進んで行く。それのみではない、この読みにはさらなる根拠があるが、その一つはイェイツ自身の言葉にあるように

　　　自分の作品を一つ一つ孤立させず、いつも全体としてみてほしいということ

　　　自分は結局は一つのことを繰り返し言い続けたこと

　さらにまた彼の作品は伝記的要素が強くその知識が増えると共に分かってくるところがあること、一つの作品のテーマやレフェレンスがほかの作品に平行的な表現となることが多いことなどである。

　今述べたことを頭に置いて例えば次の後期の詩を見てみよう。

Beautiful Lofty Things

Beautiful lofty things; O'Leary's noble head;
My father upon the Abbey stage, before him a raging crowd.
'This Land of Saints,' and then as the applause died out,
'Of plaster Saints'; his beautiful mischievous head thrown back.

Standish O'Grady supporting himself beweeen the tables
Speaking to a drunken audience high nonsensical words;
Augusta Gregory seated at her great ormolou table,
Her eightieth winter approaching; 'Yesterday he threatened my life,
I told him that nightly from six to seven I sat at this table,
The blinds drawn up'; Maud Gonne at Howth station waiting a train,
Pallas Athene in that straight back and arrogant head:
All the Olympians; a thing never known again.

　　　　　美しく気高いもの
美しく気高いもの。オリアリの高貴な頭部。
荒れ騒ぐ群集を前にアベイ座の舞台に立った父、
　「聖者の島」と語り、拍手が静まったところで
　「はりぼて聖者の」と続け、美しい頭をいたずらっぽくぐいとそらす。
二つのテーブルにはさまれて支えられ
酔態の聴衆に高貴な無意味を語るスタンディッシュ・オグレイディ。
八十の冬も近い日、金箔の大テーブルに座った
オーガスタ・グレゴリ「昨日彼は殺すと言ったの。
それで言ってやった、夜毎六時から七時、
鎧戸上げこのテーブルに座ってるわと。」ハウス駅で汽車待つ
モード・ゴン、のびた背と高慢な頭はアテネそのもの。
どれもみなオリンポスの神々、二度とはお目にかかれぬもの。

　一種の数え歌よろしく心に残る人物を列挙する。
　フェニアン派の独立闘争にかかわって、イェイツの生まれた年に逮捕され、5年牢屋にいて、15年の国外追放になったオリアリ。彼はフランスで15年を終えて帰国したが、アイルランド文学のすばらしい蔵書の持ち主で、イェイツに「故国を救うためでもやってならないことがある」というような思想的影響も与えた。シングは『西国の伊達男』騒動で、人殺しを自慢

する男をかばう農村を舞台に乗せたと非難されたが、イェイツの父ジョンは弁護に一役買った。彼はイェイツに無神論的影響を与えた。しかしその交友には今のオリアリ、トリニティ大学シェイクスピア学者ダウデン教授などがいてイェイツの教育に役立った。オグレイディはアイルランド文学劇場（アイルランド国民劇場の前身）の記念パーティの席上で酔っ払って、文学運動の次には独立の政治運動が来なければならないというような1916年復活祭蜂起を暗示する話をした。彼はクフーリン神話を生き生きと語り、神話を歴史に取り込んだという。グレゴリ夫人の屋敷はアイルランド文芸復興の砦であったが、ヒーニーに言わせればまわりをゲール文化に囲まれたプロテスタント文化の拠点であった。そしてモードゴンにイェイツが初めて求婚したのはダブリン湾の北にあるハウス岬であった。しかしこれらのエピソードは倫理的連想、ユーモア感、勇気、美的気高さなどの特質の列挙でもある。それらはアイルランド人に望まれる美徳のそれぞれの典型としてそこに上げられていると言える。

　もう一つ加えればそれらはイェイツ詩が人生のある時点の記憶についての賛歌であることを如実に表している。ここで指摘しておきたいのは、彼の自伝でも明らかなように、一人の人物についての記憶は、ある典型的な動作や台詞を軸にして、さながら一つの絵画のように視覚的に保存されていること、その典型的な動作や台詞は、舞台の主役の様に人々の注目を浴びた瞬間を捕らえていることである。これはそのような瞬間にある人物はまわりのすべての支持や協力を剝ぎ取られて、英雄的な孤独に耐えなければならない、そこにイェイツは限りない共感と憧れを感じていたせいであろう。

　これらの知識は比較的外在的な条件であって、その不足の解決は明示できる。すぐに分からなくとも半ばあの「否定的能力」、一種の判断停止に耐える力によって、次の作品に赴けばよい。それに対して、わたしはもっと個人的な経験の話を今日はさせて頂くつもりである。それはイェイツの作品には、読みから生ずる問いかけの対話に身をまかせるとき、先の外在

6．分析的精神の規定性

的な処理による解決とは違った問題を提供するように思えるからである。

　イェイツを読んでいると作品との対話を促すところがあるという話を少し具体的にするために、A Coat という作品を見てみよう。

　　I made my song a coat／ Covered with embroideries／
　　Out of old mythologies／ From heel to throat；／
　　But the fools caught it,／ Wore it in the world's eyes／
　　As though they'd wrought it. ／ Song, let them take it,
　　For there's more enterprise ／ In walking naked.　　（4頁参照）

　この一行目の made を Unterecker が言うように第四文型の動詞とするか、第五文型のそれとするか二通りの解釈が可能である[1]。
　第四文型形なら歌がまとう外套である。'I made a coat for my song.' 多分それが普通かもしれない。そうすれば「裸で歩く」のは歌であり、それに代表される歌人ということになる。
　他方第五文型を取るなら、歌を自分の外套にしたというのである。'I made a coat out of my song.' この場合は次の Covered 以下を coat ではなく my song の修飾語にする方が better に思わせる。しかしそれはさておいてあえて a coat の修飾語であることを可能として、As though they'd wrought it. まで行き着くにしても、Song という呼びかけは不自然である。いまの解釈では song＝coat であるから、次に来る it は you つまり let them take you となるべきであろう。または呼びかけの対象は歌 (song) ではなく、自分自身 I, the poet に呼びかけるなら、Dear self, let you be taken of it, となる、つまり歌の飾りもなく文字通り裸で英雄的に生きなければならない。それはそれで一つの決意表明ではあるが、イェイツのそれではない。従ってそこまで来て、つまり7行目で、この解釈は放棄されねばならない。しかしここまでは後者を放棄する決定的な選択は延期され

67

なくてはならない。

　以上の問題は終わりまで読めば自ずと決着がつくのだから取り立てて論ずるほどのことではないかもしれない。またアンテレッカーが取り上げる目的はこの二様の解釈の可能性よりもイェイツ詩に繰り返し現れる主要なテーマを論じて、その一つの「イメージ、メタファー、リテラリ・シンボル」の例としてこの作品をあげているのである。そしていまの三つは相互に関連していて、イメージは他の二つに転化する潜在力を秘めている記号であること、それらを示すこの詩全体は拡大されたメタファー（an extended metaphor）とも言えることを論じている。外套は身を包む、その関連で飾りの比喩は歌を包む、では包む能力が伝達されれば、外套のイメージは消えてしまうだろうか。そうはならないのがイメージやメタファーの神秘であろう。これを認めれば、先の統語法上のあいまいさは実はメタファーそのものに内在するあいまいさの一部でもあったとも言える。そう考えればこの一見単純な多義性もテキストの豊かさを気づかせるきっかけとなる。

　もう一つ短めの例を挙げよう。

> Choice
>
> The intellect of man is forced to choose
> Perfection of the life, or of the work,
> And if it take the second must refuse
> A heavenly mansion, raging in the dark.
>
> When all that story's finished, what's the news?
> In luck or out the toil has left its mark:
> That old perplexity an empty purse,
> Or the day's vanity, the night's remorse.　　　　（15頁参照）

6．分析的精神の規定性

　先にイェイツは同じことを繰り返し歌うことを自認していると言った。この詩も先の 'A Coat' も、さらに次に見る 'The People' も、結局は芸術か人生かの選択を巡る議論である。このほんのちょっとした三つの詩の組み合わせに既に同じテーマがどのように変奏されるかが見て取れよう。

　この詩全体は人生が終わったときにあの「偉大な審問者」に対面して人生で何をしたかを問われたときの用意をしたものと言える。従って all that story とは人生のことであろう。これに似た例は 'Why Should Not Old Men Be Mad?' の詩の中に見つかる。

　　(That) if their neighbours figured plain,
　　As though upon a lighted screen,
　　No single story would they find
　　Of an unbroken happy mind,

　　（そして）もしその隣人が照らされた銀幕上のように
　　はっきりと映し出されたとしても
　　一つの途切れない幸せの精神の
　　お話しなど見当たらないであろう。

　将来の見込みある若者、ヘレンのような美女が人生を経過する中で予想どおりの可能性を全うする例は少ないことを述べたついでのことである。人生が途切れなく成就する「一つの幸せな物語り」として見いだすことの難しさをを言うのである。

　さて元に戻って先の末尾の二行は「昔ながらの困惑」(That old perplexity) を三つ挙げているとするか、「仕事ぶりの付けが晩年に巡ってくる」(the toil has left its mark) の例として、二つ、a) That old perplexity an empty purse となるか、b) あるいは昼夜を問わず見栄っ張りと悔恨という己の不幸の覚悟とするかである。これはしかしながら、いささか質問のための質

問のきらいもある。つまり、困惑を三つにするか、二つにするかは大したことではない。文無しも、後悔に苛まれるのも、耐え難いことには変わりはないし、一方があれば他方を免れる訳でもないからである。とすればorはあれかこれかの対立命題を述べているのではなく、二つの辛い例を挙げているので、むしろandに近いものとして読むのが正解であろう。そしてその二つの例の一つを先ずThat old perplexityとしてその具体例に「文無し」を挙げたにしても、それが「文無し」のところで消えてしまうのではなく、相変わらず底流として昼夜の悔恨と見栄に繋がっているのは確かである。

　いやそれはいささか一般化に過ぎるという見方もある。Albrightはan empty purseにつけた注で、the result of a failed career とし the next line shows the result of a 'successful' one としている[2]。これはいささかmisleadingな注で、このsuccessfulというのはlifeとartの選択を終えて後のin luck or outの結果によるsuccessfulを言っているのであろう。もし人生の完成にsuccessfulな人を述べているとしているのなら、最初のIf it take the second, must refuse a heavenly mansion, /Raging in the darkの以前に戻ってしまう。従ってここでは、perfection of the workを選んだ人の中で更にin luck or outの区別が生じた後のことと考える方が自然である。とすればorにはかなりの強勢が置かれ、芸術の成功者にしても悔いばかり残ることになる。そこには自伝的な感慨も無きにしもあらずで、1931年の作とあるから、成功したと見なされる67歳の大詩人の真情が顔をのぞかせていると言えるかもしれない。

　もう一点この作品について述べておくべきはこれが最初は'Coole and Ballylee, 1931'の終わりから2番目のスタンザであったことである。つまり、

> A spot whereon the founders lived and died
> Seemed once more dear than life; ancestral trees
> Or gardens rich in memory glorified

6．分析的精神の規定性

Marriages, alliances and families,
And every bride's ambition satisfied.
Where fashion or mere fantasy decrees
Man shifts about－all that great glory spent－
Like some poor Arab tribesman and his tent.

創設者たちが生きて死んだこの土地は
命よりもさらに貴重に見えた。父祖伝来の木々や
記憶のこもる庭は光輝を添えた
婚姻と同盟と家系に対し、
そしてどの花嫁の願いも満たされた。
流行と単なる思いつきが支配するところでは
人は――この偉大な光輝も尽きて――右往左往する
あれら哀れなアラブの民とそのテントにも似て。

と

We were the last romantics－chosen for theme
Traditional sanctity and loveliness;
Whatever's written in what poets name
The book of the people; whatever most can bless
The mind of man or elevate a rhyme;
But all is changed, that high horse riderless,
Though mounted in that saddle Homer rode
Where the swan drifts upon a darkening flood.

我らは最後のロマン派、主題にするのは
聖なるものと美の伝統。
詩人たちが人民の書と呼ぶものに
書かれたことども、最大に人の精神を

祝福し韻文を高めるもの。
　　しかしすべては変わった、あの気高い馬も乗り手がいない。
　　あの鞍にはかってホーマーがまたがって
　　暮れなずむ満水に白鳥が泳いだあたりを駆けたものだが。

に挟まれた位置に考えられたものである。従って一聯を octave とするなら二つの quatrain として真ん中で切れる時間やドラマをあまり大きく考えない方がよいかもしれない。今引用した二つの八行は「このクールの屋敷はさながら芸術品のように人手が加えられてそこに住むものを育んできた。しかしそうした栄光が失われたら、人は砂漠の民のように流行や気まぐれの赴くままに右往左往するばかり。」というものと、終わりの「我らは最後のロマン派詩人、主題にしたのは伝統的な神聖さと美しさ、詩人たちの言う人民の書に書かれたことも、いちばん人の精神を祝福し詩を高めるもの。でもすべては変わってしまった、あの気高い馬(詩)も乗り手を失った、あの鞍にはホーマーも跨がって暮れなずむ水面に白鳥が漂う辺りを駆けたものだが。」全体は高貴な伝統をたたえつつも、それすら今は過去のものとなり現在の貧しさが改めて意識される。それにつけても僅かに心を暖め鼓舞し慰めとなるのは過去の記憶、一時でもその気高きものの創出に参画したという誇りである。この文脈にいれて先の「選択」を考えれば、芸術を選択した結果が不幸であろうと、その後悔はない。ましてその結果が成功しようが、不成功に終わろうがそこの問題はない、という覚悟の表明と読むべきであろう。つまり芸術の完成を求める選択をしたからには現世の不幸は覚悟のうえで、結果の幸・不幸は越えなければならない。従って先の or の読み方も、一度は無一文の不幸と詩人としての表面的成功（例えば名声と財産）の背後に隠されている己への不満、完成度の高い仕事の困難を対比するかに見えながら、結論としては現世では心乱れることばかりということになるのであろう。つまり再度 or は and に近いものとなる。

6．分析的精神の規定性

　このような読みの多様な可能性を探る局面に読者を晒すのがイェイツの詩の一つの特徴に思える。それは先に挙げた幾つかの知識や経験の反復によって徐々に解決される性質のものというよりも、イェイツの作品と時間を共有し、その時間の中で生きつつ、同じ問いかけを繰り返し、その繰り返しを生きるしかない。それは別の言葉で言えば、彼の作品を読みつつ、然るべき問を自らに課すこと、実りある問いかけに習熟することと言えるかもしれない。そのような問を問うことは特殊な能力を必要とするわけではなくて、テキストに素直に向き合えば、幾つかの疑念が湧いてきて、それに対する答えをほしくなるのである。そして幸か不幸かイェイツ・インダストリと言われるほどの多くの出版物、研究者の中でも限られたものを除けばそのような個別の問題に必ずしも的確に答えてくれるものが多いとは言えない。自分には問うのが当然と思える疑問が、いざ問いかけてみると意外にはっきりした答えはない。またその疑問も単なる一読者の恣意的な独断や主観的な思い込みとも言えないのである。

　このような持続したテキストへの対応は実はダンテを論じた T. S. エリオットがいささか異なった言葉で述べているもので、それは古典の生命力の一つの要素と言える。つまり一遍の詩の経験は一時的なものと生涯かかるものがあり、ショックや恐怖のような独自の瞬間は忘れられない経験であるにしても、生涯の全体的なより穏やかな感情の中でも生き残らねば意義を失うというのである[3]。それは最初の強烈な印象性とともに、持続してその存在を意識に乗せる詩が、場所や時代を越えて生き残ることを述べているのである。「卒業する」outlive、outgrow するのに一生かかる詩というのは結局一生問いかけるものを持つ詩と言い換えることができる。

　再び話が抽象的になり過ぎたので、実例を提供しよう。

　　　　　The People
'What have I earned for all that work,' I said,

'For all that I have done at my own charge?
The daily spite of this unmannerly town,
Where who has served the most is most defamed,
The reputation of his lifetime lost
Between the night and morning. I might have lived,
And you know well how great the longing has been,
Where every day my footfall should have lit
In the green shadow of Ferrara wall;
Or climbed among the images of the past —
The unperturbed and courtly images —
Evening and morning, the steep street of Urbino
To where the Duchess and her people talked
The stately midnight through until they stood
In their great window looking at the dawn;
I might have had no friend that could not mix
Courtesy and passion into one like those
That saw the wicks grow yellow in the dawn;
I might have used the one substantial right
My trade allows: chosen my company,
And chosen what scenery had pleased me best.'
Thereon my phoenix answered in reproof,
'The drunkards, pilferers of public funds,
All the dishonest crowd I had driven away,
When my luck changed and they dared meet my face,
Crawled from obscurity, and set upon me
Those I had served and some that I had fed;
Yet never have I, now nor any time,
Complained of the people.'

6．分析的精神の規定性

All I could reply

Was; 'You, that have never lived in thought but deed,
Can have the purity of a natural force,
But I, whose virtues are the definitions
Of the analytic mind, can neither close
The eye of the mind nor keep my tongue from speech.'
And yet, because my heart leaped at her words,
I was abashed, and now they come to mind
After nine years, I sink my head abashed.

人　民

「あの功績にどんな褒美を得たというのか」と私は問うた、
「身銭を切ってまでしたあのすべてに対し。
この恩知らずの街の日毎の悪意だけだ、
ここでは最大の功績者が一番評判を落とす、
生涯かけた名声も一夜にして
失われる。こんなことなら
君だって僕の願いがどんなに大きかったかよく知っておろうが
日毎僕の足跡はフェララの城の緑濃き
城壁の辺りを歩むことになる都に住めばよかった。
それとも過去の彫像、落ち着いた宮廷人の彫像の間を
朝な夕なにウルビノの街の坂道を上へと
侯爵婦人とそのお付きの者が
夜どうし語り明かし
大窓のところで立ったまま夜明けを
迎えた場所まで登って行ってもよかった。
夜明けの中でロウソクの芯が黄色く燃え尽きるのを
見た人々のように礼節と情熱を一体とすることが
出来ない者は友になどすべきでなかった。
僕はこの職業に許される一つの実質的な権利を
行使してもよかった、自分の友を選び

一番気に入る風景を選んでもよかった。」
　するとすかさず僕の不死鳥が咎めるように答えた、
「酔っ払い、公金横領者、それに
昔に追い払ったあらゆる不正の輩が
私の運命が変わり私に合わせる顔が出来たと思ったか
隠れ家からはい出して私が世話した連中や
私が食べさせた何人かを私にけしかけた、
それでも私は今も昔も一度だって
人民を憾みに思ったことはない。」
　　　　　　　　　　　　　私の出来る
答えは「思想ではなく行為に生きてきた君は
自然の力の純粋さがある、
でも僕のように分析的精神の定義こそ
自分の本領と思う者は精神の目をつむらせることも
口から言葉を遠ざけることも出来ないのだ。」
とは言え、彼女の言葉に心が躍ったゆえに
僕は恥じた、そしてこれら言葉が九年後でも
思い出されると、恥ずかしさに頭をたれる。

　この詩に関して言えば、先の円環的な読み方、ほかの作品との相互参照によって明らかになる部分も多い。例えば「この礼儀知らずの町、人の生涯賭けて築いた評判を一夜にして台なしにするところ」はイェイツのみならず、シングやオケイシィのアベイ座上演に対するカトリック大衆の客による騒動がある。またモード・ゴンが離婚訴訟のときに夫マクブライドの味方をするカトリックの連中から、彼女がカトリック解放のために戦ったにもかかわらず観劇途中に辱めを受けた事実がある。またイェイツがカスチリオーネの『宮廷人』を読んで共感を受けたルネサンス・イタリー貴族の伝統への賛美も描かれている。リラダンの言う「生活は召し使いに任せておきましょう」という貴族趣味が後の主張、行動の世界に生きる人と想像と思索の生活を送る人との対比の伏線になっている。さらにまたモード・

6．分析的精神の規定性

ゴンを「不死鳥」にしたり、ヘレンに譬えたりするのも、他の作品で既になじみのことがらである。したがってこれらはイェイツの生涯や他の作品からの知識で徐々に補ったり、修正したりできるものである。

しかし結びの段落の abashed（恥じ入った）の意味については、幾つかの可能性があり、どれとも簡単には決めがたい。

第一は相手 my phoenix の言い分に納得して自分の主張の劣勢を認めた場合。

第二は相手の言い分には賛成しないが、my heart leaped という事実をまえに敗北を認めたこと、ついでに言えばこれはワーヅワースの虹を見たときの心の有り様を連想させる。つまりあのときのような心の躍動感を連想させる。My heart leaps up when I behold a rainbow in the sky. それは心ならずも the analytic mind の習性を忘れて、the purity of a natural force の有り様に引きずられることでもある。

第三は最初の一と二の事実の記述に記憶を重ねて、今もなおその恥の記憶を留めていることの恥ずかしさである。これには二つの方向があって、一つは記憶の生々しさの神秘に心を奪われている、つまり思い出が恥を再現する。もう一つは九年も恥を保存することの女々しさ、当初の恥の衝動の大きさとその呪縛に新たな恥を重ねて生きているという実感の問題である。

これらの分析は必ずしもどれか一つに収斂させ得ないかもしれない。またその必要もない。

むしろ、これらの可能性を考えたことが、詩を読む興味を倍加させ、そのように問い続けることが、この詩への興味を持続させるのである。

第一の恥については、Unterecker は次のように言う[4]。

イェイツは忘恩の街を見限って理想的な貴族社会への脱出を考えるのに対し彼の「不死鳥」はむしろ「自分の敗北を楽しんでいる」"delights in her own defeat."。自己犠牲を十分評価・感謝される喜びを裏切られるという「敗北」を（それを敗北と言うのがふさわしいかどうかは分からないが。）と

いうのは彼女の楽しみの根拠は自己の倫理的優越の確信にあり、そのような自己の充足を知る 'radical innocence' は他者の評価に動揺しないばかりか、さまざまな外圧に抗してなお幸福であり得る。このような理想を後年に娘のために書き記すことになるイェイツはその種の喜びの価値を十分に知っていたはずである。

> Considering that, all hatred driven hence,
> The soul recovers radical innocence
> And learns at last that it is self-delighting,
> Self-appeasing, self-affrighting,
> And that its own sweet will is Heaven's will;
> She can, though every face should scowl
> And every windy quarter howl
> Or every bellows burst, be happy still.[5]

> そこからすべての憎悪が追い払われると
> 魂は根源的な無邪気さを取り戻し
> ついには魂は自らを喜びとし
> 自らを安らわせ、自らに驚くものと知る、
> またそれ自身の甘美な意志は天の意志と知る、そう考えると
> 彼女は、たとえ皆の顔がしかめ面し
> 四面楚歌になり、響いてくるのは
> 怒鳴り声ばかりとしても、いつも幸せでいられる。

その不死鳥から人民批判の性急さを咎め立てされたイェイツ自身の弁護、「わたしの長所は分析的精神による定義付けにある」というのは、アンテレッカーによれば、「すべての諷刺的芸術の弁護」になる、十分立派な根拠を持ちながら、「彼女の言葉に躍動した」彼の心は詩の結末では「恥じ入る」ほかないと言う。このアンテレッカーの説明は、「イェイツの問題

6．分析的精神の規定性

の一つはいつも、自分の肥大し続ける貴族的心情とゴンの情熱的で民主的な精神を和解させる努力にあった」(p.141) という全体的な枠に縛られている。したがって「分析的精神による定義」を「十分立派な根拠」としたはずの詩人の側の反論 "All I could reply/ Was" に含まれる消極性、わたしの言えるのはせいぜいのところつぎのことぐらいという弱々しさを捕らえ切っていない。つまりこの解釈ではイェイツの口調はどちらかと言えば自分の反論の無力さに対する口惜しさというものがまず考えられて、言われるほど「十分立派な根拠」という調子はない。

先のアンテレッカーに比べて Elizabeth Cullingford の解釈はまた一味異なっている[6]。ご承知のように彼女のイェイツ論はフェミニストの立場からするという点で、多くのイェイツ学者と一線を画している。ダブリン演劇界の政治的駆け引きから身を引く叙情詩人の権利、人の努力を無視する忘恩の社会からルネサンス・イタリーの貴族の屋敷のような「礼節と情熱が一つになる」世界に引き下がろうとする権利。これとゴンの主張する行動の世界の相いれないことは既に明らかなことである。そして忘恩の空しさばかりでなく、イェイツにとってはその行動の世界とのかかわりは高貴な生まれの女性が「身を落として人民の側に赴く」こととして目に映る。そこにカリングフォードが引用するイェイツの手紙のマクブライドとゴンの結婚についての批評を読むことも可能かもしれない。"You are going to marry one of the people"、またそのためのカトリック改宗についての "a lower order of faith is thrusting you down socially, is thrusting you down to the people" を引用するのも半ば当然かもしれない。その批判に対するゴンの立場は、「非個人的な集合としての声」、'an impersonal collective voice'「群衆の魂の声」'the voice, the soul of the crowd' としての自分を規定する。さらにカリングフォードは「不死鳥」の答えの "The drunkards, .../Complained of the people." には『西国の伊達男』騒動が旧敵を表面に引き出したことを述べたときのゴンのイェイツ宛の手紙の "breathless syntax" を再現した趣のあること、完全にそれを再現し

たものでなくともイェイツ自身の偏見を打倒する女性主体の立場を採り、彼女の意図の純粋さを前にして詩人自身の知性中心主義の不適切さに気づかせたことを述べている。

　カリングフォードが引用しているゴンの手紙を見てみよう[7]。

　『西国の伊達男』騒動が旧敵を引き出したことを認めているが、彼らは

> 私の場合と同じくあなた（イェイツ―訳者注）を口汚くまた裏切るように攻撃するべくこれらの機会から利益を得る連中、私が暴露した詐欺師たち、私が追い払った徴税人と酔っ払い、自分の卑劣さを白状させた臆病者、それらすべてがマクブライド派に与し、私に対する中傷を囁いた。しかしあなたの場合も私の場合も人民は一般的に言って非難されるいわれはない、また国家的見地からでも私は思うに人民の行為は健康な印と思う。　(AYF 241)[8]

　このゴンの主張にある the people はまさに「人民」であって[9]、イェイツの反民主主義の理念が否定する対象そのものと言える。にもかかわらずその「不死鳥」の主張の受け入れ方には詩人の側でこれについての何かの修正や付帯条件を感じさせるところはない。never complained of the people に感じる潔さが、詩人にも乗り移り自分の卑小さを自覚する心意気 magnanimity をもたらすのである。それはまた普通なら批判的と思える 'You, that have never lived in thought but deed' は、次の Can have the purity of a natural force の一行で完全に肯定されているところにも読み取れる。

　なお、この文脈でイェイツの民主主義観について一言触れておく必要がある。同じカリングフォードについて、グラタン・フライアーは彼女の別の書物 *Yeats, Ireland and Fascism* を草稿で読んだ。そしてカリングフォードがコナー・オブライアンの論文 Passion and Cunning のイェイツの本質は「政治的日和見主義」と「ファシスト同調者」という点を、否定して、イェイツは「若いころに学んだ社会主義のせいで自由主義者」で「尊敬すべき自由主義的気質」の持ち主であったとする。フライアーは必ずしもこのカリングフォードに賛成せず、（彼女が自説の補足に引用する未定稿の「幻想

6．分析的精神の規定性

録」も含めて、）イェイツの中にある保守的体質、ファシスト的傾向は否定しがたいことを述べている。ただこれらの論者に共通していることはイェイツのそうした性向の政治的現象としての現れ方は当然ながら時期や環境によって異なることを認めている[10]。

　この議論に深くかかわるゆとりはないが、今のわたしたちの文脈で言えば、少なくともこの 'The People' の時点では、イェイツはゴンの「人民」という概念も含めてその意見を受け入れようとしている。そのこととカリングフォードがこの詩を高く評価していることは関係があるかもしれない。つまりイェイツは自分の政治的立場を一時離れても、少なくともそこに含まれる真摯さに、その高貴な潔さにうたれて、ゴン、「不死鳥」の主張を全面的に肯定しようとしている。

　さて我々の出発点であった abashed の箇所について、カリングフォードは次のように述べる。

> Her interruption, which appeals directly to his heart, reduces him once more to the abject position of the unsuccessful lover, and deprives him even of his verbal polish: the poem ends with movingly awkward repetition:

> 彼女の遮りは彼の心に直接訴えかけ、彼をしてもう一度満たされぬ恋人という屈辱的な立場に置き、彼から言葉を洗練する力すら奪うことになる。この詩は哀れむほどのぎこちない繰り返しで終わる。

　カリングフォードはこの「不死鳥」は、ギリシャの「英雄の褒美」であるような、あるいはカスチリオーネのルネサンス宮廷の花であるような、自分の行動（積極的な発話も含めて）を慎む、男性のまなざしに見られるための受け身の存在ではなくて、沈黙をやめ伝統的な枠を飛び出した女性であり、それを称えたことをイェイツの功績と考えている。

81

先のアンテレッカーの歯切れは悪いが詩人（男）の立場を消極的に弁護することから、カリングフォードはさすがに一歩進んでいる。しかしここでの問題は女性の立場を評価するのに熱心のあまりに、男の立場の「偏見」、「不適切さ」ばかりが目立つ印象がある。「満されぬ恋人という屈辱的な立場」というイメージだけを考えるのは適切だろうか。

　これに対して、そのような意見の対立が対話の場を通して変化する劇的要素にこそこの詩の魅力があるのを教えるのは M. L. Rosenthal である。彼とカリングフォードの最大の違いは意見の質によって「不死鳥」に軍配を上げるのではなく、二つの意見を考慮しつつその対応に見とれている詩人の心のドラマを見ようとすることにある。カリングフォードの結びは詩人の abashed（恥じ入る）を、movingly awkward repetition（哀れむほどのぎこちない繰り返し）とのべている。abject で awkward かどうかはいささか疑問の残るところである。先のアンテレッカーのように詩人の精神構造に、「心ならずも」不死鳥に同意するというニュアンスを読み取るならそうかもしれない。しかしこの詩がここで終わる必然には、詩人の精神が一つの充足した地点に達したことを読まねばならない。

　わたしはやや先走り過ぎた。先にローゼンタールの主張を見ておこう[11]。
　彼は、この詩が 'Adam's Curse'[12] と同じく対話を重視し（当然口語的）、脚韻対句（rhyming couplets）の代わりに、無韻五歩格（blank verse）を用いているところなどは、'Adam's Curse' の行跨がり（enjambment）や話し言葉のリズム（speech rhythm）の抑制されたパターン化に近いことを挙げている。また憤りと不満を表す開幕とそれへの反論という対話も両者の近似性を示すものとしている。さらに 'The People' の伝記的言及とそれらを起源とする素材のこの詩における扱いについても触れているが、結論的にはそれらはこの詩の 'vital character' については何の証明にもならないこと、

　　'Biography may be suggestive but is unnecessary for grasping the poem, and it may well be misleading.' (p.17-8)

　　伝記はヒントにはなるが詩を理解するには不必要で誤解を招くかもしれない。

とまで言っている。伝記的知識が不要とまでは言わないがそれには限界があると言うのである。

　この対話詩の要素の重視は先にホイッタカーが「不死鳥」は「倫理的反対我」の幾つかの事例の一つとしたことの延長上にある[13]。反対我はSelfとAnti-Self両者を倫理的にたかめる作用がある。ホイッタカーはその対話のパターンの形成にジョージ・ラッセル、コヴェントリ・パトモアさらにプルタークを上げているが、この最後のプルタークとの関わりにはスタージ・モアとイェイツの往復書簡集からの引用がある。

　"it is much the same everywhere; nothing is ever persecuted but the intellect, and the one thing Plutarch thought one should never complain of is the people.　They are what they are and it is our work to live our lives in their despite."[14]

　　どの場合も同じである。迫害を受けるのはまず知性である。そしてプルタークの考えで我々は不満に思うべきではない一つのことは人民である。彼らは彼らのままで以下でも以上でもない。彼らにもかかわらず自分の生を生きるのが我々の仕事である。

　これは先に引用されたゴンの手紙と併せて読まれるべきものであろう。他者に批判を向けるよりも、外の条件を自分がどう受け止めるかという優れて禁欲的な態度の表明である。

　またホイッタカー[15]は"Paudeen"と"The People"など半伝記的作品でイェイツは自分の時代の歴史を劇的にする発言の方向に向かおうとして

いることを指摘している。その発言では誇り高き主張、正直な自認、社会批評、悲劇的浄化（proud assertion, honest admission, social criticism, tragic purgation）が結び付けられているという。ホイッタカーも 'The People' を評価する数少ない批評家の一人で、ローゼンタールの結論に行く前に通過せねばならない研究である。

　ローゼンタールはこの不死鳥の穏やかな非難が最初の詩人の憤りの激しさを反映していても恨みがましさはないこと、それはカスチリオーネの貴族性、courtesy and passion into one という「心の広さ、高潔さ」magnanimity を具体化していると指摘する[16]。

　ローゼンタールはしかしながら、詩人の反応は 'purely defensive and in reality apologetic'（純粋に防禦的で事実としても弁護的）にならざるを得ないというのである。「彼の心が彼女の言葉に躍り上がった」というのは 'a spontaneous acknowledgment of the woman's moral superiority' で（ここにもワーヅワースの spontaneous overflow of the powerful feeling の発想の自由のエコーがある）、'the purity of a natural force' の持ち主の彼女は認識のために the analytic mind の媒介を必要としない。そのことは逆に彼の noblesse への無自覚な不足を露呈し、ウルビノの高揚した夢の底にある自己憐憫をさらけ出すという。ここまではアンテレッカーの口惜しさの議論に近い。とはいえこのウルビノの場面は実在しない理想の世界の提示、それが無ければこの詩は二つの意見の衝突だけを描くに留まるのに対して、「不死鳥」の女性の批評は「倫理的な覚醒の驚き」を作り出し、二つの相いれない世界、苦悩と闘争の実在界と美的で知的な充足をもたらすヴィジョンの世界を対比することでこの詩の感情的局面を深めているとローゼンタールは言う。つまり最初に憤りに身を任せた精神がウルビノの気高い魅力的な夜のイメージを経過することで変化し、言い換えれば想像力という浄化の火に焼かれて、再び「私の不死鳥」からの批判によって現実に引き戻されたときには、謙遜の高みに上った精神が当初の恨みつらみというけちな感情の発露を恥じるのである。

6．分析的精神の規定性

　ローゼンタールが強調する劇的変化は、「芸術による自己超越の優れた実例」なのである。それは開幕の利得を求める利己耽溺と矮小な実利主義を脱して、心の中では「不死鳥」の超自然的な倫理的権威を承認することである。abashed は、態度はともかく言葉には現れない。他者に対するよそよそしい貴族趣味と高踏性を恥じ入るドラマはすべて詩人の内面の葛藤である。このように己を恥じる反省はやはり the analytic mind なしには考えられない。ここに二つの性向の対立と矛盾の皮肉が存在する。the purity of a natural force は反省などに曇らされない無邪気さにあふれている。そして一方の他方への憧れはあくまでも前者 the analytic mind の属性なのである。

　ついでに言えばイェイツは今の行動の人と思索の人の対比もどちらかに最終的な勝利を与えることはまずない。詩人の側でも人生の実質的側面への魅力に傾くこともあるのを認めている。the one substantial right /my trade allows は知性、思索、分析の生活の中にあってほとんど唯一の贅沢、友を選ぶこと、好きなところに住むことは許されるべきだというのである。この the one substantial... という言い方にはそれ以外には抽象と思索と観念の世界こそが「我が職業」の檜舞台という自負も込められているかもしれない。その自負が時には譲歩して substantial な世界に向かうこともあるのを認めているのであろう。ローゼンタールの意見はカリングフォードの分析が対比の上での優劣を意識することで abashed するのに対し、自己の理想とする purity、simplicity、magnanimity などの原理にも背いていることの自覚を迫る、つまり他者と優劣を競うのではなく、自己の理想と現実の乖離に気づくという内省、この尺度からの abashed に我々を導く。

　以上はやや長いローゼンタールの意見の紹介であるが、この 'The People' の詩を巡る3人あるいは4人の批評家の違いから我々はいくつかの教訓を得る。
　まず一つは今では古典的になったイェイツ研究者の Richard Ellmann、

T. R. Henn、Norman Jeffares などでは比較的取り上げられなかったこの詩が以上のように興味ある読みの過程を提供するということである。ジェファーズなどはこの詩全体を引用しつつも、1907年のイタリア旅行によるルネサンス文化へのイェイツの目覚めの例という一言で片付けている。

　このようにイェイツ・インダストリと言われる多くの研究にもまだまだ間隙や未開拓分野があることを証明していることである。もう一つは John Unterecker、Elizabeth Cullingford、Thomas R. Whitaker、M. L. Rosenthal という流れが、明らかにイェイツ研究の歴史的進展の跡を明示していることである。最初に述べたように、わたしの出発点はテキスト上の個人的な疑問であった。しかしそこにはこの半世紀以上にわたるイェイツ研究の蓄積と動向が関わるところも多い。もちろんそのような研究の蓄積はテキスト自身の「古典的」豊かさにたいする持続的な関心を前提とするのは言うまでもない。

　しかしそれらにもまして上に見たような問いかけは「読む」作業を通して新しい自我を発見するという文学固有の喜びを促す点にある。それは the purity of a natural force だけでは達せられない知的な営みである。その知的な精神は自己の優越に酔い痴れる高慢さから、the purity に憧れる、つまり己の不足に気づく批判的な目によって次の段階に導かれる。こうして the definitions of the analytic mind は一度は遠ざけられたものの、弁証法のもう一方の項としてその機能を回復する。対話は他者の中に同質の魂を見出す喜びを味わわせてくれる場合もあるが、共感や伝達の不能な空しさを突き付けることもある。イェイツの言う「他者との争いから雄弁が、自己との争いから詩が生まれる」という自己が、己自身に内在する高みへと導かれるためにはもう一つ別の自己を見つけねばならない。「割れないものは完全ではない」[17]というが、the analytic mind の助けによってそれは初めて可能になる。テキストに含まれた問いかけの装置はとりわけこの能力を高めるのに有効に思われる。

6．分析的精神の規定性

注

1) John Unterecker: A *Reader's Guide to William Butler Yeats* (The Noonday, 1959) pp.33-4
2) Richard Albright ed.: *W. B. Yeats The Poems* (Dent, 1990) p.716
3) T. S. Eliot: 一遍の詩の経験は一時のものと共に一生の経験でもある。——最初の、極く初期の独特なものがあり、それはショックと驚きである。それは忘れ難い瞬間であるが、もしより大きな全体的経験の中に生き残らねば意味を失うような瞬間である。……多くの詩を卒業して克服するがそれは多くの人間的情熱を卒業し克服するのと同じである。…… 'Dante' in *Selected Essays* pp.250-1
4) Unterecker: op. cit. p.141
5) 'A Prayer for My Daughter' Yeats: *Collected Poems* pp.213-4
6) Elizabeth Cullingford: *Gender and History in Yeats's Love Poetry* (Cambridge U. P. 1993) pp.83-6
7) quoted in Cullingford op. cit p.85
8) AYF (*Always Your Friend:Letters between Maud Gonne and W. B. Yeats, 1893-1938*) ed. Anna MacBride White and A. Norman Jeffares. (Hutchinson 1992)
9) cf. of the people, by the people, for the people,
10) Grattan Freyer: *W. B. Yeats and the Anti-Democratic Tradition* (Gill and Macmillan 1981) p.129
11) M. L. Rosenthal: *Running to Paradise* (OUP 1994) pp.15-21, pp.176-9
12) cf. 'Adam's Curse' Yeats: *Collected Poems* pp.88-90
13) Thomas R. Whitaker: *Swan and Shadow* (Univ of North Carolina Press 1964) pp.158-60
14) Ursula Bridge ed.: *W. B. Yeats and T. Sturge Moore—Their Correspondence 1901-1937* (Greenwood Press 1953) p.13
15) cf. 'Paudeen' Yeats: *Collected Poems* p.122
16) 'The People' の詩人の発話に magnanimity を見たのは T. R. Henn が最初であろう。
　　T. R. Henn: *The Lonely Tower* (Methuen 1950) p.116
17) 'Crazy Jane Talks with the Bishop'; For nothing can be sole or

whole/That has not been rent.　　W. B. Yeats: *Collected Poems* p.295

　本稿を書き上げた後で、故出淵 博氏『イェイツとの対話』（みすず書房）を読む機会に恵まれた。この優れた研究の一部は既に発表されたときに拝聴していたが、このようにまとめられて見ると、筆者が考えていた、対話を促すテキストの問題が、別の角度から説かれており我が意を強くした次第である。あの諸論考も、例えば｛「六ペンスの唄」と聖者をひとつの括弧にくくることの奇異さ｝(p.26)、｛「超自然の唄」……を読むと……何かしら落ちつきの悪い気持ちにさせられる。｝(p.58)、「サーカスの動物たちの逃走」については「諦めを趣旨として含みながら、それを決意の文体において述べたような食い違い」(p.78)などである。それらの発想は極めて個人的でありながら、その問いかけを誘発する元テキストの豊かな鉱脈を掘り進む楽しみを描いている。

　　　　　　　　　　　　　　この約2/3の縮小版は2000年10月 7 日、
　　　　　　　　　　　　　　日本英文学会北海道支部大会で講演された。

7．イェイツの政治性を考える

(1) 少数者であることの栄光

　イェイツの政治を考える場合、詩人としての偉大さとその特異なイデオロギーの落差に、読者は或る不快さや戸惑いを覚えるのが普通である。その場合、この二つの分野をめぐって何らかの統一と調和を見いだそうと努める読者の反応には、幾つかの型がある。

　第一のものは、詩の偉大さはイデオロギーの奇矯さや欠陥には左右されないとするもの。この場合、詩人のそのイデオロギーへの関与は一過性の気まぐれに過ぎないとか、1930年代後半から明らかになってくるナチの「血と土地」への狂信といったファシズムの本質の見極めの困難さはイェイツひとりのものではないとか、あるいはイェイツのイデオロギーは高度に抽象的な観念で、現実の政治運動に直結するような卑俗性はないといった弁護論を含んでいる。

　第二のものは、詩の偉大さはその詩人のイデオロギーと無関係ではなく、プラス・マイナスどう作用するかは別にして、イデオロギーは詩人の本質部分にくいこんでいるとする。確かに、『神曲』におけるカトリック神学、私家版創世記神話のブレイク詩における位置を見ても明らかなように、イェイツの政治もオブライアンの指摘した「情熱と狡猾さ」[1]といった性向以上に、もっと本質の一部、その体系化されたものに思われる。'The Tower'で歌うように、耳目という官能を満たす想像力がより高度に抽象化された知性へと移行するのが老齢の喜びであるなら、*A Vision* はその典型であ

り、政治思想もその一端を担っていると考えるのが自然である。

　イェイツの政治を考える困難の一つは、時々の発言に直接的な政治参加の不毛を嘆き、その愚かしさを悔恨するものがあることである。例えば A Vision で序文に次いでエズラ・パウンド宛の書簡文がある。その書き出しに、上院議員などになるものではないと言って、「君や私など興奮しやすいたちの仕事にある者は、老練な弁護士や銀行家、あるいは実業家にたちうちできない。彼らは万事が習慣や記憶ばかりなのでこの世を支配し始めた」と書いている。この文章はいささかあいまいである。詩人というものは本質的に「興奮しやすい職種」であるのに比べ、実業家たちは自分を制御する方法を知っている、従って政治のような説得を旨とする世界は詩人に不向きだということを、いわば中立的に述べているのだろうか。それとも、詩という高度に洗練された知的統一を要求する作業のためには、こうした俗世の雑多な関心事には心を寄せぬ方が身のためだと、芸術の優位を暗示しているのか。

　確かに『自叙伝』でイェイツは、自分が怒りを爆発させやすくて結果は大体よくないと反省したことがある。先の引用にすぐ続けてパウンドのことも「君の激しやすい精神」と評している。また「心を石に変える」憎悪[2]を歌ったことなども考えれば、先の文章は、怒りやすい性向の人間は憎悪を発動させる場には近づかぬがよいと語っているようにも見える。

　にもかかわらずその「たちうちできない」実業家たちの「道徳的優位」（moral ascendancy）がすぐ次に挙げられる。それは内乱当時に共和派兵士が隣のビルを攻撃しているのに、窓に近寄って覗こうともせず日常業務を続けた人達のエピソードである。これは金儲け以外に熱意を示さない人間を戯画化しているというより、デアドラやグレゴリ夫人にイェイツが読み取った特質、生命の危機を前にして毅然とした態度を採ることに一脈通じるのは皮肉である。しかしこの一見毅然とした冷静さはやはり批判の対象と見るべきだ。今日の弁護士や実業家は「全て習慣と記憶」に守られて、「説得力があろうとなかろうと」"carry their point or not" 先の「道徳的

優位」を保っている。その鉄面皮が「恥を知る」「興奮しやすい」人の耐え難さと対比されている。

　また 'Politics' という詩では「この頃は、人間の運命はその意味も政治の言葉で語る。」というトマス・マンを序として、政治や戦争の危機といった話題よりも、若い女性を前にしたときの個人的関心の切実さを訴える。「もう一度若返り、あの娘を腕に抱きたいものだ」。だからといってそれが単純に政治否定と受け取れるであろうか。今の言葉もマンの序がなければ、余りに単純な自分本位の我がままか現実逃避に過ぎなくなる。しかし事実は政治が否応無く関わってくる大状況の中で、なおかつ人間的・個人的な価値を守り続けることが、人間の条件を全うすることだと主張しているように読める。

　先の上院議員になどなるべきでないと言った続きを見てみよう。仮にパウンドが上院議員になればその「激しやすい精神」はひどく重要なことを見いだすだろうと言い、君の属する集団で次の法案を非公開の席で「乱れることのない明晰さ」で議論した後君に与えられる10分間は君の自信は保つかもしれない、だが全ての人を政治家にまた何人かを雄弁の人にした昔の一般法則は今日では妥当しなくなったと言う。そしてパウンドやイェイツのような詩人、あるいは印象的で確信のある政治家は蒸気機関の時代には場違いになったと言う。自分について言えば1）芸術のこと、2）正確な知識によるより民衆の意見によること、それ以外について発言するときは恥ずかしさがまるで肉体的苦痛のようになると言う。「我々作家は、その母なる民衆に背く場合ですら民衆の意見の子である」からと言う。（ここまでが「ひどく重要なこと」の内容である。）"public opinion" を「民衆の意見」と訳したが、この謙遜にくらべて、「民衆」"people" にイェイツは必ずしも幸せな印象を持っていない。ここでも芸術の問題はともかく、議論が「正確な知識によるのではなく民衆の意見による」のでなければ落ち着かないというのはどういうことであろうか。「恥」を「肉体的苦痛」（既に時間により幾分打ちのめされているせいで）にまで感じるとか、「自信」が忍耐の

限界に達するとか、その方が鉄面皮の冷静さ、「乱れることのない明晰さ」、「民衆の意見」を代表しているという確信に勝ることを暗示しているのではないか。

'The People'という詩では、身銭まで切った仕事に対し得た報酬は「この恩知らずな街の日毎の憎悪」とあり、「酔っ払い、公金横領者、私が遠ざけた不正の輩」がモード・ゴンとおぼしき恋人の落ち目のときに戻って来て、彼女が世話した連中を反逆させようとけしかけた。このイェイツの民衆は、芸術家に対立した「富や人気や権勢」を求める行動人であり、それは思索型の詩人と対極に位置する。しかしよく考えてみれば富や権力に縁のある「実業家、弁護士、政治家」、「公金横領者」などは普通の庶民というより成金的ブルジョアジーの範疇に入るべきであろう。イェイツの反感の差し当たりの対象はこうした新しい権力の所有者に向けらるべきである。

またイェイツの政治的イデオロギーを端的に示しているエッセイに 'On the Boiler' がある。人間は二つの永遠の極、家系のそれと魂のそれの間に生きているという命題を実証しようとしたという。1938年6月22日付ドロシー・ウェルズリー宛の手紙に「たとえ友人たちと疎遠になっても私の信念を表さねばならない。何人かは私の言わんとするところが印刷されるのを見て、以前には特別に意味はないと考えていた詩を理由に私を憎悪するでしょう」とある。エッセイの最初にスライゴーの波止場に放置された赤錆のボイラーの上で、少々気の触れた船大工が聞き手を見つけては聖書を読んだり隣人を告発したりしていた思い出が語られる。これは風狂老人の仮面で不快な告発も見逃される構成を考えている。事実そのここに散見する譬え話も真面目・不真面目の奇妙な混淆である。「あの頃は有閑階級は未だ特長となる職を持っていた。18世紀に連中は人間ではなく家畜を育て、垣根を越えたり山登りする古来の筋肉質な牛や羊を、太った怠惰な肉屋向けのものに変えた。そして今日ではどうやらその大仕事も完成し、彼らは快楽の人生を送っている。」(*On the Boiler* Cuala Press 1939 以下の引用頁は

同書による)。これはイェイツ自身長々と引用している、17世紀の聖職者ロバート・バートンの『憂鬱の解剖』の発想でもある。「農夫は、雄牛や馬が身体各部が正しく形成されていなければ飼育しないし、その血統が保証されない限り雌との交尾も許さないであろう。……だからして我々も子供を産むのに注意深くあるべきだ。昔はある国はこのことにひどく細心でひどく厳格であり、もし子供が心なり肉体なりに歪みや変形がある場合はその子を殺した」(p.16)。他にも、劣性因子を持った親が去勢されたり隔離された例が述べられているが、これに反して「1900年頃から、よりよい家系は減り続けるのに反し、愚かで不健康な者らがよい家系に取って代わりつつある」(p.18) と指摘する。

　イェイツが1922年に最初に上院議員になったときは個人的に優れた才能の集団が指名されていたが、その人たちの多くは結婚や家系によって相互につながっていた。指名制が選挙に代わってそれらの才能ある人は姿を消したという。こうした政治家そのものの下落と平行して、庶民の間にも無趣味や無理解が広まったと考える。カナダの話として芸術に無理解な農民の妻が紹介される。ある画家が農民が一本の木を植えるにも風景の構図を考えるのに気づいて宿泊の礼に一枚の絵を与えた。一年後に戻ってみるとその妻はこう言ったという──「あのカンヴァスからこのエプロンを作りました。でも汚れを落とすのに何時間もかかりました」。またゴールウェイの図書館に押し入った暴徒が気に食わない書物を焼いた話も挙げられる。以上は民衆の愚かさ、無知、凶暴性を証明するためのものであるが、他方では生得の才 (mother wit) は教育では変えられないという信念と結びついている。従って一律平等の教育は新しい能力を付与したり潜在力を延ばしたりするよりも、例えば農民の中にあった予見性や洞察力を破壊したという。そして「望まぬ人間に読み書きを強制するのは最悪の暴力だ」という結論に達する。

　こうしてイェイツはますます独断的な教育改革を主張する。13、4歳までの子供は模倣者に過ぎないので、数学は控えて言語教育に限るとか、成

93

人になってからでは習得困難な英語、歴史、地理を教える。また基本的な重要事項で易しいものは父母、古来の伝統、子供自身の読書によって習得可能であり、それに欠けていることは恥と感じられるべきものだという、つまり家庭教育重視である (p.29)。それは近代の親たちが公教育に全てを頼り過ぎることに批判であると共に家庭教育の崩壊の危機意識の反映である。

　教育に次いで重視されるのは軍備である。これによって商業的な国民のうちの訓練されていても未教育の大群は国外に追い出され、お屋敷の住人も百姓小屋のそれも、大学や酒場の人間、公務員など全て一つの国民だという自覚が生まれるという。この主張は二つの確信に基づいている。一つは訓練されいじけない意志を持ち創造力を最高に発揮する100人の人間はその教育がいかに高くついてもそれ以下の100万人の人間以上に国民全体の福祉に役立つということ。もう一つはアイルランド民衆は未だ自覚していないがヨーロッパの他の国民に負けない才能をうむ血統を有しているということ。

　教育・軍備に次ぐ三番目の力点はアイルランドと英国皇室との関係である。この面でアイルランドは皇室を承認するに留めるべきで、議会開会に皇室が来るのはアイルランドの統一には大きすぎる犠牲だという。皇室はあくまでも英国のそれであるべきだというのは最初に彼が断った「友人を疎遠にする」今一つの論点であったろう。それにしても前二つの反動方向での過激さに比べ皇室問題はやや常識的穏健さに止まっていると我々の目に映るのは1930年代の歴史状況が既に遠い過去になったせいであろうか。

　結び近くで言う、「野蛮な若者の頃、こう考えた、誰でも議会で発言を許される前に、自分のユートピアを歌うか記述すべきである、それがなければその人がどの方向に我々を引っ張っていくのか分からないからだと。そして私は未だこう考えている、全ての種類の芸術家は昔のように偉大なあるいは幸せな人々を褒めたたえるかあるいはその代表たるべきだと」(p.37)。このエッセイの最後に付与された『煉獄』は自らの劣性の血統を

断ち切るために息子を殺す老人が主人公であるが、それも含めて全体がイェイツのユートピア論あるいは信条告白とも読める。従って今見た議論途中のいびつさ、激烈さは、最初に述べた、心を乱すことのない冷静な判断ではなく、情熱と想像の赴くままに語る詩人の特権を謳歌したものであろう。イデオロギー的反動性が我々を鼻白ませる部分があるのは確かであっても、詩人の特異な表出として許されることと公正な批判にさらされる権利とは共存するものである。

わたしは'On the Boiler'にややこだわり過ぎたかもしれない。しかしここにはイェイツ後半生の思想的特長である、民主主義と唯物論に対する憎悪が最も露に述べられている。言うまでもなくこれらの主張の核にはエリート主義と大衆蔑視がある。しかしその教育論の特異性にはイェイツ自身の能力に照らし、欠落しているものへの憧れと所有しているものへの誇りの複雑な混合物のように思える。さらにこの背後には'30年代までアイルランドが置かれていた歴史的・地理的条件、西欧の中でも目立つ貧困、それゆえそれを作り出した英国自身からの軽視への反感などが反映している。その中で富国強兵のイデオロギーを優先させるエリートと大衆の図式が最大の要請であったのは無理からぬことであった。同じくアイルランドのカトリックの家庭の子沢山も大きな問題であった。下層の人口増が比較的裕福なプロテスタント系の人間の目に一つの脅威と移ったのも半ば自然であろう。さらに'30年代という世界規模での革命プログラムが実現の可能性をささやかれる時代に反動的価値観の信奉者が過剰反応した面も考えられる。

このエッセイの中で今日的に最も不快を感じさせる部分は、優生学への信奉とその実行プログラムであろう。それには二つの側面が目に付く。一つは失業者－単純労働者－熟練労働者－商店主－専門職と階層の上昇が生得の才によるという考え。もう一つはこれを教育によって高めるのは不可能なので優生学によって優れた能力を伝播するという発想である。肉体的能力と精神的能力がどれほど密接かはともかく、肉体的能力は生得という

よりも豊かさの印なのは、アーノルドがすでに貴族の丈の高さを挙げていることでも判ったはずである。しかし幸か不幸かイェイツの時代には肉体も精神も民族固有の固定した能力と考えられていた節がある。こうした変化の可能性が信じられなかった時代には一層優生学への依存が高まったのではあるまいか。

　当時、優生学が一種の世界的流行であったことを Paul S. Stanfield が述べている[3]。一時大戦の徴兵検査で行った知能テストの結果、知的薄弱者の率が驚くほど高かったこと、それが遺伝的であることが証明されたことと相まって、隔離や自発的・強制的断種などによる精神薄弱者の法的規制が進行したというのである。英国では1913年に「精神欠陥者法」ができ、アメリカでは1931年に30州が断種法をもうけた。1933年ドイツが同種の法案を通過させるまでに、カナダ、デンマーク、フィンランド、スウェーデン、ノルウェイ、アイスランドでもその法令化が進んだという。これらは単に国策上の要請に留まらず、当時の進歩的・合理思想の一翼を担っていた気配すらある。ユダヤ人を憎悪したナチの哲学にある「純血」の観念、オーウェルやハックスレイの描く「ユートピア」における優生学の残酷物語は論外としても、スタンフィールドによれば当時の指導的インテリすらこの思想の信奉者であった。例えばセントポール寺院主任司祭ウィリア・インジ、心理学者ハヴロック・エリス、哲学者ハロルド・ラスキ、経済学者ケインズもその唱導者であった。今から考えるとこうした人達の生涯では伏せておきたいエピソードかもしれないが、そこには合理的判断がヒューマニズムを追い越して独り歩きする危険の実例がある。これらの人に較べて古い価値に浸り気っていたイェイツがそのような思想の危険に陥るのはみやすい道理である。ただ一般的に言えば誰しも住んでいる土地の歴史的・地理的条件や制約から簡単には解放されえないということかもしれない。

　詩人の政治的態度を問題にするのに、少なくとも二つの面を考慮する必要がある。一つはそのイデオロギー自体の問題で、もう一つはその主張の仕方である。前者の破壊的結末はナチの歴史が雄弁に語っている。

7．イェイツの政治性を考える

　後者についてイェイツの場合、離婚論、検閲論、それに今見た教育論と優生学などはいずれも権力の中枢にはない少数者の側からなされている。彼は少数者がいかように誇りと信念を保持すべきかを訴え続けた。「思うにこの国が独立して三年も経たぬうちに、少数派がひどく圧迫を感じる手段を議会（我々）が論ずるのは悲劇である。私は自分をその少数派の典型と考えるのを誇りとする。あなたがた（カトリック多数派－筆者注）がこのような仕打ちをする我々は、決してつまらぬ人間ではない。我々はヨーロッパの偉大な血統の一つである。我々は（エドマンド）バークの民、グラタン、スウィフト、エメット、パーネルの民である」[4]。これと同じ「信念と誇り」は 'The Tower' でも歌われるが、要するにそれは逆境にあってなお心の矜持を失わない例証である。「成長の労苦に耐えよ／少年の日の不面目、子供が／大人に変わる苦痛、／不完全な自分の姿、自らの／無様さを突き付けられた苦痛を」[5]。イェイツのイデオロギーの苦さをどう受け止めるかは今後も繰り返される難問である。しかし今引用した詩句の与える勇気は先のイデオロギーの苦さをはるかに越えた喜びである。このような詩句を生み出す可能性を拡大するためにこそこの難問は繰り返し問い続けられなければならない。この少数者の権利の問題はイェイツが毛嫌いし恐れた民主主義がより完全になるために、自らの理念に照らしても擁護すべき事柄である。彼のイデオロギーの害悪に較べてこの少数者の権利擁護は民主主義の側にとってもはるかに重要な課題であるのはもはや言うまでもあるまい。

注

1) Conor Cruise O' Brien, 'Passion and Cunning: an Essay on the Politics of W. B. Yeats' Jeffares & Cross eds.: *In Excited Reverie* (St. Martin's Press, 1965)
2) 'A Prayer for My Daughter', 'Easter 1916' など参照。
3) *Yeats and Politics in the 1930s* (Macmillan, 1988)
4) Donald R. Pearce ed.: *The Senate Speeches of W. B. Yeats* (Faber, 1960) p.99 離婚禁止法に対する反対演説
5) 'A Dialogue of Self and Soul'

「英語青年」VOL.CXXXV, NO.7（1989年10月1日）に若干加筆訂正を施した。

(2) 詩の政治性理解のために

　P. S. Stanfield は *Yeats And Politics in the 1930s* (Macmillan 1988) でイェイツの政治意識の変化を描くが、それは文学（文化）による国民意識の自覚をうながす立場から、衆愚の民衆支配を恐れる反民主主義イデオローグへの移行である。この政治的関心を詩人としての逸脱と見たり、イェイツ個人の内部で政治は微少な一部に過ぎないとする立場は今日では承認しがたいものである。彼自身、時に政治参加の不毛を歎くことはあっても、参加の仕方は深刻で真剣なものであった。問題は彼のイデオロギーが今日の社会正義の常識からみて凡そ時代錯誤的なものであるにもかかわらず、その詩が何故人の心をうつかということである。イデオロギーは成熟した人間のものである限りその選択は個人的責任に関わるものである。しかし一人の人間が或る政治的立場に至る過程では、生れた時代・土地・階級などの先験的偶然が微妙に作用するのもまた事実である。こうは言っても勿論それは邪悪な思想の個人的責任を免罪するためではない。そうではなくて、その邪悪さとは何なのか、何故それが正義や良識と対立するのかをよりよく知るためである。

　先のスタンフィールドはイェイツが社会主義的風潮にあれほど強く反対したのには彼の特殊な美学が根本にあったからだと言う。その美学とは、人生の悪というものは決して除去できない、悪や苦しみが人生の真実の一方であれば、他方の善や喜びだけの文学は不完全ならざるを得ない。ウィルフレッド・オーウェンの戦争詩に反対し、ショーやオケイシィの劇にイェイツが不満であったのは、それら社会正義を求める思想に世の中の悪は除去できるという信念を感じ取ったからだという。

　またアングロ・アイリッシュという少数派に生れついたことからする「孤立感」、自らを叱咤激励し、意図的に敵対行動をとることで劇的緊張

を作ろうとする性向の指摘もある。美学といい性向というのもイェイツのイデオロギーを承認するためではなく、それの生じるより妥当な根拠を探るための試みと言うべきだろう。

　ところで「政治的」という言葉で我々は何を意味するのであろうか。わたしは独断を承知で次のように定義してみたい。それは歴史の流れに対し、それを促進するものであれ、逆流させようとするものであれ、その流れを意識的に変えようとする行動、また変えられるとする信念に関わるものを言う。その意味でイェイツの生き方も詩も確実に「政治的」であった。とはいえこの「政治的」の判断、詩と信を結びつける度合いは読者自身の政治的態度も微妙に関わってくるのは勿論である。そして左翼的立場が詩と信の結合に熱心なのはイェイツの反動思想を弁護する必要がないだけではなく、結論は異なるが人生の真実を全面的にとらえることではイェイツに賛成だからである。この立場の批評の典型として、ジョージ・オーウェル、W・H・オーデン、コナー・オブライアンの主張を見てみたい。

　オーウェルは V. K. Narayana Menon: *The Development of William Butler Yeats* (1940) を評した文章で、主題やイメージは社会学的な言葉で説明可能だが文の肌理はむつかしい、マルクス主義批評の弱点は思想的傾向と文体の関連の説明が不得手なことだと言う。そしてイェイツの保守反動性は封建的イメージにあり、反民主主義は気取った擬古文として現われ、「風変りな用語」のとうかい趣味に極まると言う。また人間の平等という理念を嫌い、オカルトのように限られた小数者向けの隠微な知識を尊重し、キリスト教的市民倫理に反抗する傾向などは全て文体上の特長に結果していると言う。しかしこれこそ我々の当面の問題にもかかわらず、不快な思想が不快な文体を生んでいると断言できるほど問題は明快ではない。

　逆にW・H・オーデンはイェイツに文体上の功績を読み取る。先ず追悼詩「W・B・イェイツを偲ぶ」（安田章一郎　訳）で故人の言葉は残された者の心に残り、「そこでは政府の高官も手だしする気を起」さない。現実のアイルランドの狂気は癒されず、天気も変わることはない、「詩は何も

のも現象させることはないから」と歌う。そして同じ詩の削除されたスタンザでは「言葉を生かす」人間を赦す時間はキプリングやクローデルやイェイツを赦すがその理由は「うまく書いた」ことにあるという。後年オーデンは効果を狙って書くなど許すべからざる不誠実であるとして、この基準を撤回するようにも見えるが、これは「うまく」の意味をどう考えるかによるであろう。

　この詩と同じ頃に書かれたオーデンによるパーチザン誌のエッセイ「大衆　対　故　W・B・イェイツ」では検事と弁護士がイェイツを裁定する形式になっている。検事は大詩人の三要件として、1) 印象に残る言葉　2) 自分の時代についての理解度　3) 当代の最も進歩的な思想との関連を挙げる。1) については言葉の才があれば他人の才能もよく判るはずなのにイェイツ編『オクスフォード現代詩選』はいびつな判断を示している。2) ではイェイツが貧しい農民に同情するのは、身分の上のものをたてまつる限りに於てであり、より大きな正義の社会を創る闘いには反対した。3) では妖精や神話から転じ神秘学や迷信に凝り、社会正義や理性を無視し、人類の敵とも言うべきファシスト運動に身を投じた。従って大詩人の資格に欠けるというのである。

　他方弁護側も同じ三点を巡って反論するがオーデンの真意が出ているようで面白い。大詩人が当代の直面する問題に常に正しい答を用意するとは限らないのであって、ダンテのように民族主義の台頭するイタリアにあってローマ帝国を憧がれる例もある。それよりも詩人の才は個人的な感興を社会的所有物に変えることにある。そして驚くべきことにイェイツはその才が晩年まで持続したばかりか、むしろ増加したことにある。

　また自由主義的・資本主義的民主主義の破産は個人の孤立を深め、経済的不平等が貧者のそねみと富者の利己的恐怖を引きおこしている。イェイツの努力はこの産業社会の亀裂に対し民話的伝統や世界宗教の力によって社会を再結合しようとしたことにあるという。オーデンの立場からして民主主義一般を否定しているとはとても考えられないが、'30年代の自由主

義的民主主義の限界を見ていたのは、方向こそちがえイェイツと共通している。先のイェイツ追悼詩で歌ったように、自らは歴史的所産であっても、詩は直接歴史を生むものではない。詩人が唯一行動人になれるのは言葉の分野であり、理念が偽りであったり反民主主義であっても、イェイツの用語は真の民主的な文体への不断の発展である。真の民主主義の長所である同胞愛と知性に対応する文体上の特質は力強さと明晰さであり、『巡る階段』の用語は「正義の人の用語」であるという。

　さらに10年ほど後ケニヨン・レヴュ誌に書いたエッセイでもオーデンは大詩人の特長を論じ、その群小詩人との区別は良い詩・悪い詩ではなく、大詩人は発展し続けること、彼の解決する問題は詩の伝統の中心的課題であり、その解決方法は後代に有効であることだとする。その意味でのイェイツの遺産は、機会詩を深刻な内省の詩、個人的であると同時に公共の関心事を歌うものとしたこと（「ロバート・グレゴリ少佐追悼」など）、規則的な聯による弱強調の単調さを破って思索的・叙情的・哀歌的なものに応用したこと（「学童にまじって」など）を挙げる。

　これらオーデンのイェイツ評に特長的なのは、賛辞が常に文体もしくは詩形の問題に帰っていくことである。詩人が行動的なのは言葉の分野に限られるとする限り、それは首尾一貫している。「詩はなにものをも現象させない」、つまり社会の物質的条件を変更させる歴史に参与しないということは、そうしようとする努力（プロパガンダ）という過重な負担からの文学の解放を意味する。しかしそれは最初に述べた、詩を政治・社会・歴史から隔離する危険に自ら落こむ道でもある。おそらくオーデンの真意はその間の微妙な釣合いの道を行くことにあったのだろう。そしてオーデンに今すこし同情的になれば、彼にとってはイェイツのイデオロギーに鼻白むよりも、それに一時判断停止してでも、イェイツの開拓した伝統を引継ぐ方が急務であったとも考えられる。これは或る意味でレーニンがマルクス主義はイギリス経済学・ドイツ古典哲学・フランス社会主義など近代西欧の全ての善き伝統を引継ぐものとした立場にも通ずる。オーウェルの述べ

た思想と文体の統一的評価という面ではオーデンは技法上の方向に傾きすぎた印象はあるが、「民主的な文体」や「正義の人の用語」といった表現には内容と表現を統一的に見る意図が読み取れる。

　最後にコナー・オブライアンであるが、彼は「情熱と狡智」と題したエッセイの中で、イェイツの政治性は高度に計量された狡智の産物であるのを語る。つまりすべての政治的人間に共通なように、自己の主張の実現の可能性が高い場合は政治参加の発言や行動が積極的になり、その可能性が遠のけば政治嫌いの発言になるというのである。勿論イェイツの個々の行動や思考に矛盾を見つけ、偏見から生れたとみえる悪罵を指摘するのは簡単である。1913年のダブリン運輸一般労働組合のストに対する資本家マーフィーのロック・アウトを批判したこと、離婚法を否決し検閲法を通過させたコスグレイヴ政府を支持したこと、その後に登場したデヴァレラ政府に無知なカトリックの大衆支配を見たこと、民主化や民族運動の指導者を「無知な連中にひどく乱暴な手口を教え」「連中がどっぷりつかっているドブの汚水を飲んだがため、先が見えず、その見えない連中の指導者となって」と罵ることなどである。しかし、ともかくオブライアンは大筋において政治に熱心であったイェイツを描き、その唯一の例外を詩（芸術）に関する場合とする。

　オブライアンは「レダと白鳥」に関するイェイツの自注を引用する。「私の空想は最初レダと白鳥をメタファーとしてこの詩を書き出そうとした。しかし書くうちに鳥と貴婦人が場面を独占し、全ての政治はそこから消えてしまった」[1]。

> Players and painted stage took all my love
> And not those they were emblems of. (Circus Animals' Desertion)

> 役者と書き割り舞台が私の愛を独占した、
> 　それらが象徴する元のものではなく。
> 　　　　　　「サーカスの動物たちの逃走」

策謀と狡智と計量という卑俗な政治性を帯びたイェイツ像に不快を感じる人もあろう。しかし脆弱で専らミューズに奉仕する詩人の姿を自ら荒々しく踏みくだいていく情熱こそ中期以降のイェイツにふさわしい。「情熱と狡智」のタイトルが示すように、オブライアンは詩への情熱が全ての狡智を忘れさせるときがあり、それがイェイツを本物の、それも大詩人であることを証明していると主張しているようだ。しかし考えてみれば狡智そのものが同じ情熱に支えられ、先の偏見や悪罵にもなる。問題はこの激しさの根本に、断片の人生に満足しない意志があることではないか。先の「サーカスの動物たち」でも歌われているが、詩人の創造力の基礎には生の現実に直結した「心のぼろくずの店」がある。そしてこの店を構成する要素、それも重要な要素としてイデオロギーも卑俗な政治的策動もすべて含まれるのではないか。
　オブライアンも引用するトーチアナ[2]はイェイツは少なくとも三つの面で自由の味方であったことを論証しようとする。すなわち一貫して芸術の自由の味方であり、政治的には英国からのアイルランドの自由と独立の味方であり、カトリック多数からのプロテスタント少数派の自由の維持と拡大の味方であった。だがこうした個々の事例の積みあげは必ずしもイェイツの全体像が与える保守反動の印象を消してはくれない。「無知」で「先が見えない者」として大衆蔑視を露わにし、そのような劣った人間を多数にしないために断種や隔離に賛成するこの不快なイデオローグ。自らは常に何がまた誰がその劣性の因子かを決定する側に身を置く態度はまさに専制者の論理にほかならない。勿論イェイツの思想や行動の中から自分の承認し易い部分を抽出しそれを根拠に己れの中にある反撥をいくぶん緩和するのは自由である。しかしそうした個人的要請よりもこの詩人の「社会的所有物」としての特性により目をむけるべきであろう。我々は三人の左翼的立場からするイェイツ評を見てきた。これらを参考にしつつ我ら自らがイェイツの何をとるかが残された作業である。
　オーデンはイェイツにその思想よりも表現の多才さの価値を認めた。同

7．イェイツの政治性を考える

様に我々は主題や思想よりも、それらを扱うイェイツの態度、精神の働くパターンに価値を認めることが可能である。思想とその扱いを二分して一方を不問にすることは今までの議論に矛盾するが、異った局面の教訓は異った扱いを可能にするであろう。

イェイツの態度で最も心を打たれるのはその不屈の精神とも言うべきものである。狡智を上まわる情熱、我を忘れて歌う情熱だけでなく、不利な状況や優位な敵を前にして挫けない意志を保持すること、それは殆ど常に少数者の側に位置することで鍛えられたものにちがいない。失意や敗北は他者との関係でのみ現われるものではない。「昼間の虚栄、夜の悔恨」が人を眠れなくするのは、自己の内部の高い基準や理想が人を駆りたてるからである。

> Things said or done long years ago,
> Or things I did not say or do,
> But thought that I might say or do,
> Weigh me down, and not a day
> But something is recalled,
> My conscience or my vanity appalled. (Vacillation V)

> ずっと昔言ったり為たりしたことや
> 言うことも行うこともなかったが
> 言えばあるいはすれば良かったと思うことどもが
> 重く心にのしかかり一日たりとて
> あることが思い出されて
> 良心があるいは虚栄心が愕然とせぬ日はない。
> 　　　　　　　　　　　　　　　「動揺」

志の高さがその思いの実現をいよいよ困難にするのは当然としても、こ

うした自分の人生の意味を問いかけ問いなおす必要は、社会的地位や名声や成功とは無関係にすべての人を襲うものであろう。その真実に生涯目覚めていたことがイェイツの詩を感動的にする。彼の抱いた思想が不快であることを弁護する必要はない。恐らく彼はその意味を自らも常に問いなおすことにやぶさかではなかったであろう。

> Did that play of mine send out
> Certain men the English shot? (The Men and the Echo)

私のあの芝居が送りだしたのか
英国人が射殺したある男たちを。
                「人と木霊」

> Was it needless death after all?
> For England may keep faith
> For all that is done and said. (Easter 1916)

あれはつまりは無用の死だというのか
あれこれ言ったり為したりあっても
結局は英国が約束を守ったかも。
              「復活祭　1916年」

> Did all old men and women, rich and poor
> who trod upon these rocks or passed this door
> Whether in public or in secret rage
> As I do now against old age? (The Tower)

全ての老いた男女は金のあるなしに拘わらず

7. イェイツの政治性を考える

　　　この岩場を歩みまたこの戸口を通ったものらは
　　　人前か密かにかの区別なく怒り狂ったのか、
　　　今この私が老齢に向かってするごとく。
　　　　　　　　　　　　　　　　　「塔」

　このように問いつづけることは不屈の精神の激しさと自分に正直な心をもってはじめて可能であろう。これらの問いは答を求めているというより、問いの生まれた状況の現実を常に今として意識する手段になっている印象すらある。誤解を恐れず言えば、この正直で不屈な精神は、何を主張するかの如何を問わず、人の心を打ちそのような精神の様態に憧がれを抱かせる。

　　　All that I have said and done
　　　Now that I am old and ill,
　　　Turns into a question till
　　　I lie awake night after night
　　　And never get the answer right. (The Man and the Echo)

　　　昔言ったりしたりしたことどもが
　　　老いて病みたる今になって
　　　一つの問になり変わり、ついに
　　　私は夜毎日毎目覚めてあるも
　　　正しい答えは見つからぬ。
　　　　　　　　　　　　　　　「人と木霊」

　オーデンの言う「うまく書いた」基準の一つは後代の詩人が利用できる社会的遺産をどれだけ増加させたかにある。同様に読者からみれば、今見てきたような精神のありかたの実践例はやはり「社会的所有物」である。我々はそれによって逆境に耐える力を与えられ、より高いものを求める意

志の尊さを学ぶ。そして再びオーデンの言う「うまく書いた」理由で歴史が赦しを与えるという意味は、時の経過とともに、邪悪な思想の生みだした犯罪までも忘れられ免罪されるという意味では決してない。そうではなくて時の経過は取るべきものと捨てるべきものをより鮮明に選び分けるということに外あるまい。ファシズムの犯罪を忘れることは同じ過ちを繰り返しかねないであろう。歴史から学ぶというのはこうして自分と社会の過去をきびしく問い直すことと直結している。そしてわたしはイェイツのイデオロギーを問題にすることと彼から積極的な部分を引継ぐこととは必ずしも矛盾しないことを言いたかったのである。しかしこうした意図もまた常に改めて問い直す作業に組み込まれなければならないのは言うまでもない。この習性を身につけることはイェイツの詩に感動することよりももっと大きい遺産かもしれない。感動という一過性の影響よりも、読み手を変えていく力、自らを変えていく契機となる活力がそこにあるからである。

注
1) Note to The *Variorum Edition* (p.828)
2) Donald Torchiana: *W. B. Yeats, Jonathan Swift and Livberty* (Mod. philosoply Aug. 1963)

(3) イェイツの政治再考

　すでにいくつかの機会にイェイツ詩と政治の問題について我々の学ぶべき教訓を論じたことがある[1]。一つは彼の生涯をトータルに評価しようとすれば、政治と文学は切り離し得ないことである。彼自らの原理としてもそうであるし、断片的な証言もある。第二は彼のイデオロギーはまぎれもなく反歴史的（反動的）であること。第三に彼はカトリック多数派の中のプロテストとして少数意見の在り様の典型であること、それは実は半ば誤解や偏見に基づく、民主主義＝多数決の原理について再考をうながすことである。第一の文学を肥沃にする積極的な政治性の主張と、第二の否定的なイデオロギーを事実に基づいて批判すること、それらを統合する一つの方向が第三の教訓で、それはより理性に叶った民主主義の成熟であると言えるかもしれない。

　さてシェイマス・ヒーニーは先輩のオーデンに習い、イェイツの否定面にもかかわらずどのような学ぶべき要素があるかを探る[2]。ヒーニーの言葉で、オーデンはイェイツを「評価はしているが有頂天なほれ込み方ではない」というイェイツ論を簡単に見ておこう[3]。

　オーデンは言う。現職の詩人が仲間から学ぶものは、詩のできの良さによるより、自らかかえている課題の解決にヒントとなるものの方だという。従って好みは主観的にならざるを得ない。イェイツ詩の中で我々に最もなじみにくいものはケルト神話やオカルト的シンボルと体系、次にイェイツの信念（仰）に匹敵する我々のそれは何か、また何故この相違が生じたのか、最後に神話と信仰と詩の三者はどんな関係があるのかといった問題である。

　オーデンは、イェイツの時代は科学や理性という一般化に対し、芸術や想像力という個別性が守勢に立った時代であるが、その対立の中で後者は

自律した価値を主張することで自己を確立しようとした、しかし今日では自然科学の限界も明らかになり、それは人生の価値の説明には無力であることも知った、そして真の対立は理性と想像力の間ではなく善悪に、客観・主観の間ではなく思想と感情の統一か分裂かの問題に、個と大衆の間ではなく社会的個人か非人間的国家かの問題に移っている、という。

　そして人生から詩に問題を移せば、今日でも詩人は独断(ドグマ)を否定しつつも神話の有効性は知っている。イェイツは神話によって「個人的体験を公的なものに、公的事件の姿(ヴィジョン)を私的なものに」した。問題はイェイツに有用な唯一の神話といえども現存の独断(ドグマ)信仰と共通面のあることを見落としたことだ。つまり神話と詩人の関係は、独断的信仰と魂の関係同様に私的なものにすぎないことを見落としたという。

　この議論はイェイツの我々にとって不快な部分を如何に中和して、彼の積極面の受容を易しくするかの戦略である。

　そしてオーデンが見るイェイツの積極面は二つある。一つは機会詩を単に個人的に公的行事を歌うか卑近な社会事件を記録するものから変化させて、公私一体の興味のある深刻な内省詩に仕上げたことである。挙げられた例は「ロバート・グレゴリ少佐追悼」。もう一つは、内省詩であれ叙情詩であれ、規則的なスタンザ中心の詩を、弱強調の単調さから解放したことだ。エリザ朝の文学者は劇詩でそれを創始したが、叙情詩や哀歌では用いなかった。イェイツの作品例は「わが娘のための祈り」と「思索の結果」とである。

　以上のオーデンの先例に比べ、ヒーニーはイェイツの何を学ぼうとするのであろうか。ヒーニーが賞賛するのは、イェイツが芸術や芸術家の特権におぼれず、生と死の自然な循環を受容したこと、生と死の神秘を前にした時のイェイツの芸術的熟練の持つ謙遜のことである。そしてイェイツがコヴェントリ・パトモアから借用した「芸術の目的とは平安である」という命題を実証するのに二つのイェイツ詩を引用する。

　一つは組詩「内戦時の瞑想」の最後「わが窓辺のむくどりの巣」である。

これをヒーニーは「生命と人生にふさわしい第一原理としての、温和で育成力のある顔を持った自然」を表していると言う。殺戮と破壊を生む内乱の歴史に拒否を示すのには余りにもかすかで弱々しい鳥の巣（卵）、しかしそれはまちがいなく生命の継続と繰り返しを約束する母親としての自然の営みである。

　第二の詩は「心安らぐクフーリン」で、そこには生が死に移行する「譲歩の不思議な儀式」があると言う。また現世の強者・弱者の両方に同化する「生命に対する母親的情愛（カインドネス）」にあふれた詩だと言う。しかし同時にそれは生命の美と品格が芸術（詩）に変わるという確信の話でもあると言う。

　オーデンの視線がイェイツの技巧に向けられているのに比べればヒーニーの視線はより存在論的な傾斜をおびていると言える。もっともオーデンが別のイェイツ論で述べた「正義の人の言葉」、民主的なそれの特長は「明晰さと力強さ」にあるというのも[4]、つまりは正義や民主主義とは理性を共通項としてはじめて可能な価値であるという信念の表出以外の何ものでもない。従ってオーデンが単純に技巧面のみを見ているというのは当たらない。

　またヒーニーの方も、「心安らぐクフーリン」の言葉は現世の事物を浄める、「目、枝、リンネル、屍衣、両腕、針はこの文脈で奇妙に浄らか（チェイス）である」と言うとき、中期以後のオーデンの詩学の直系と言えるかもしれない。オーデンは詩人の努めを「その存在と生起をたたえる可能なもの全てをほめ賛えること」[5]としたし、「イェイツ追悼」では「歓喜の仕方を教え給え」、「自由人に賛美の仕方を教え給え」と歌っている。このように生を肯定する要素の発見に心がけることはヒーニーの好みに合う。ヒーニーは詩の作用は問題を「荒げることではなく和解させること」、振れすぎた天秤の「均衡を回復すること」と主張する[6]。

　イェイツの二つの詩を論じ、ヒーニーは両者に「母性的」自然という言葉を用いた。母性的とは分析よりも包含を、能動よりも受動を、否定よりも肯定を、対立よりも融合を暗示する。自己主張より自己抑制とは、自己

の特異性を主張するよりも、他者と自己の共通点の自覚もしくは発見へと転ずることである。この面の政治的含意を「心安らぐクフーリン」で見てみたい。

　イェイツの精神構造の一つに常に全てを根源的に問い直すこと、自らの全ての思想や態度を洗い直そうとするところがあるのを見た[7]。後期に現れるその典型に、結局人の一生は何であったのかの問いがある。クフーリンの一生も例外ではない。その問いを前にしたとき、成功や名声や権勢は最早や無力である。それらが無益というのではない。イェイツは（そしてクフーリンは）人生の果実を十二分に味わうことについても積極的であった。しかし問題は彼の問う答の方向は常に今と将来にかかわっている。過去の勲章をはぎ取られたとき人は皆、平等に、横一列に並んでいるのだ。

　しばしば指摘されるように「心安らぐクフーリン」は芝居の『クフーリンの死』と対をなし、ほぼ同時に作られた連続の話である。『クフーリンの死』にあるような様々な予兆や助言にもかかわらず、また敵のメーヴに荷担したドルイド僧の魔力のせいもあって、クフーリンは自らの死を予感しつつも、挑戦に応じて戦場におもむく。その結果、戦車の馭者や愛馬も倒れ自らも六つの手傷を受け、最後を自覚し、石柱に身体を縛らせ、立ったまま死を迎える[8]。

　クフーリンは「六つの致命傷（モータル・ウーンズ）」を負っている。しかし致命傷という限りそれは厳密には一つである。それが六つもあるというのはそれだけ手傷を受けても死なない剛の者であった、つまりギリシアの半神英雄と同じく不死とは言わぬまでも死は半ば彼には無縁に近いものであった。従って「血と傷を眺め考え込む」姿には自分の死が半信半疑である人のおもむきがある。この時点で彼は未だ「有名で乱暴な」人物であり、亡者の間を威丈高に「のし歩く」。武器を採った名残の響きを持つ腕鳴りはあたりをはらい、亡者たちを近寄らせない。「私たちだけが知っている理由」で、つまり死の何たるかを知っている者だけの本能が、死をまき散らす勇士を忌避させる。クフーリンは未だ他から離れた孤高の道を歩く特別な人で、亡者の仲

7．イェイツの政治性を考える

間になり切っていない。自らの意識でもそうだし、仲間たちも彼を同類とは見なさない。クフーリンが「静か」であると判って初めて逃げた亡者たちも戻って来る。

　亡者の中の長老は死もまた悪くないもので新しい生も「甘美」になり得ると説く。しかし、それには先ず「旧い慣行に従い」「皆と同じことを共同で行う」必要がある。共同の作業の第一は自らの屍衣を縫うこと、次いで一緒に「最善を尽して」歌うことである。屍衣に身を包むことは戦いの腕鳴りを消し、仲間の恐怖を鎮めるのに役立つ。こうして彼は従順になること、無名に留まること、仲間と一体になる道を学ぶのである。

　しかし長老はさらに一歩踏み込んでもう一つの秘密を教える。それは生前自分たちは「皆、度し難い卑怯者であった」という自覚である。或る者は「身内に殺され」、また「家郷を追われ、孤独のままに、異郷で死ぬ」恐怖を味わうのである。ドロシー・ウェルズレイにイェイツが語ったというこの詩の散文版では、この亡者たちは「戦場から逃亡した者」、「卑怯者として処刑された者」「身をかくした者」「他人に卑怯者の事実は知られぬままに死んだ者」となっている[9]。しかし必ずしも敵前逃亡を考えなくても、人生の様々な戦を回避した者と考えて支障はあるまい。いずれにせよ、こうした死に様や恐怖はクフーリンには無縁であった、というより自覚されていなかった。『クフーリンの死』に描かれた死も、十二ペニーの小銭賞金を狙う盲人に首を剣ではなくナイフで切り落とされる外見上の不名誉な死とは逆に、人を卑小にする恐怖心はない。常人の恐怖の多くは肉体の損傷に伴われる苦痛に由来するが、その次元の恐怖は確かにクフーリンには無縁であった。

　しかし考えてみれば英雄たらんと努めてきた精神にはどこかに卑怯者に転落する恐怖、名誉を失う恐怖がひそんでいたとは言えまいか。死を知らぬ気に勇敢であったのは、勇気や名誉のそう失の恐れを意識的に避けてきたにすぎないのではないか。クフーリンは自らを特別なものとして位置づける道を選んだにもかかわらず、様々な型をとって現れる恐怖や不安とは

113

無縁ではなかった。幾つかの描かれたクフーリン像には、悲劇的な孤高の道の選択に含まれる或る種の不安、それは実感ではなく知識や予感としてのものにすぎないかもしれぬが、英雄といえども人の子である身に避けられない有為転変への不安が確実に読み取れる。

「鷹の泉」[10]の若武者クフーリンは不老不死を求めてもその人生が「嫁を取り、伝来のかまどを守る者。その男のいつくしむは／床の上の子どもと犬のみ」といった老人の願う平穏な人生を送るくらいなら、わが子を殺すほどの憎悪をからませた愛の呪い、戦いの人生に旅立つ方を取る。後者の積極性は天寿を全うせぬこと、愛人も子供もいない孤独な異郷の死を当然予感させる。

また『緑の兜』ではお互いの首をはねるゲームによって英雄を探して歩く魔性の赤い男がクフーリンの勇気を賛えて言う。「私が選ぶのは、／どんな有為転変に会おうとも、いつも笑いを絶やさぬ唇／皆に欺かれようと決して落胆せぬ胸／惜しみなく分かつを愛する手、勝負師の骰のごとき生活」。そしてそれらを栄えさせるにも当然限度があって、いずれは「人の心も曇り、／弱きが強きを倒す日」が来て、英雄の事跡は歌として語りつがれる他ないことを予感する。

『バーリヤの浜辺で』のコノハーとクフーリンの対立は、子供を作り家系を連綿と栄えさせる秩序を王国内に保持する生き方と、「たとえ命は短くても、／お前たちの生命の鼓動を速めることのできるものならどんな生活でも／ほめたたえる人びとの仲間であり、／強いられた贈物より自由な贈物を重んじる」生き方の対比である。そしてここでもクフーリンは信義と名誉のために最後には自らの意志でコノハーの要請に応えて国家への忠誠を誓う。そこではこの自由奔放な生命の躍動に別れを告げるように、戦いの生を象徴する剣に最後の賛辞で告別を告げる。「おお汚れのないきらめく剣よ、／妻や友や愛する人にもまさる剣よ、／耐え忍ぶ意志と消えることのない希望と／剣が結ぶ友誼とをわれわれにあたえてくれ／」。

以上のような義務・信義・名誉への服従は『クフーリンの死』に見る運

命への服従と同質のものである。恐らくはイェイツの頭の中に運命への不平や泣きごとはそこからの脱走と同じ卑怯者の姿として映っていたのであろう。

　我々はやや「心安らぐクフーリン」から脱線した。しかしいずれにせよ、これら一連のクフーリンが他と区別される特別な人間としての道を理想としてきたのはまちがいない。そしてその道を行くことが必ずしも世俗的な意味での幸福で賢明な道ではないことも予感されていた。しかし亡者の長老との対話の中で、クフーリンは他者と同化すること、全ての者と共通の作業を通し共通の運命に服することもまた悪くないことを学ぶのである。自らの英雄ぶりの中に卑怯者への転落を恐れる不安のあったことが、これらの「度し難い卑怯者」との共通性を自覚させたのではあるまいか。この一瞬の自覚が彼を従順にさせ、「最も手近かな屍衣を手にさせる」。

　そこで彼らは歌う、それも共に最善を尽して。しかしそれはもう人の世を去って歌の霊と化している。現世の鳥というより、霊界のそれであり、あの闇にかくれ姿を見せぬ声だけの存在、老いや死を知らぬ存在である。しかも「全ては以前の通り共同で為されたけれど、人間の声調や言葉はなかった」というのは、個性を棄て去ること、全体の歌の完成に己れを奉仕させることを示している。

　この「心安らぐクフーリン」の有り様にイェイツ最晩年の思考が読み取れると言えるだろう[11]。つまり「乱暴で有名な」個として孤独の道を歩むことから転じて、他者を意識し他と共通の運命を素直に認めそれに従う共同体意識が。それはまたオーデンが挙げた正義の人としての道にもつながる。つまり他者を裁く基準というものは同時に自らもそれに服する覚悟を前提とする、その正義の道に。

　オーデンも言うようにイェイツは成長を続ける詩人であった。その成長は詩的技法のみならず、政治的意識についても同様である。しかしどの場合も同じように、前のものを捨てて全く別ものにとりつくというより、修正した型にせよ前のものをひきずりつつ変わっていく。彼が反民主主義的

イデオローグであったことは最後まで否定できない。また否定するつもりもない。しかし今見たような自らの運命に他者の運命との共通性を自覚すること、人生の基準や原理というものの適用に一つの公正感を持つこと、これは民主主義を軽蔑し憎悪し全面否定しようとした態度とはいささか異なる。この公正感や万人の共通性に目を向ける正義というものは民主主義を説く側から見ても重要な基本概念である。

注

1) 風呂本武敏「詩の政治性理解のために——W. B. イェイツの場合」日本イェイツ協会報 No.20（1990）
   風呂本武敏「少数者であることの栄光」英語青年 vol.135, No.7
2) Seamus Heaney: Yeats as an Example? in *Preoccupations*
3) W. H. Auden: Yeats as an Example, *Kenyon* Rev, x, 2 (1948)
4) W. H. Auden: The Public v. the Late Mr. William Butler Yeats, *Partisan* Rev vi, 3(1939)
5) W. H. Auden: Making, Knowing, and Judging in *the Dyers Hand & Other Essays* (Faber 1948)
6) John Haffenden: *Viewpoints* (p.68) (Faber 1981)
   Seamus Heaney: *The Redress of Poetry* (Clarendon Press 1990)
7) 拙論「詩の政治的理解のために」p.41
8) W. B. Yeats: The Death of Cuchulain in *Collected Plays*
   Lady Gregory: Death of Cuchulain in *Cuchulain of Muirthemne* (The Coole Edition 1970)
9) quoted in A Norman Jeffares: *A New Commentary on the Poems of W. B. Yeats* p.410 (Macmillan 1968)
10) 以下クフーリン劇の引用は『イェイツ戯曲集』（山口書店 1980）より
11) 作者とマスクの人物の距離がかなり接近しているのがこの「心安らぐクフーリン」であろう。Birgit Bjersby: *The Interpretation of The Cuchulain Legend* pp.3-4 (Uppsala 1950) "In 'Cuchulain comforted', ——Yeats struggles with the same problem as in his last drama—whether he had been a coward or a hero, whether his life and work had been a heroic failure or not. This problem also compels him to conceive due proportions between himself and the martial hero Cuchulain. He was never presumptuous in comparing himself to Cuchulain. There was always a certain modesty and awareness that Cuchulain was in a way a mask he liked putting on so as to be able to play a heroic, tragical part."

(4) 民主主義の成熟のために

　「ヨーロッパに幽霊が出る、共産主義という幽霊が。……」これは140年も昔の話であるが、その時間の経過に相応しいほど、我々は偏見や誤解の幽霊から解放されているだろうか。早い話が、共産主義とまでゆかなくとも、民主主義についてすら様々な偏見や誤解が見られるように思う。その誤解の一つは民主主義を多数決原理と同一視するものである。もう50年も前に死んだが、アイルランドの詩人W・B・イェイツは民主主義を敵視した典型の一人である。彼はカトリック教国におけるプロテスタントとして、検閲法や離婚禁止法に反対した。検閲とか離婚禁止が立法化されるのは国教としてのカトリックの教義が憲法にまで深く入り込んでいるせいである。そのこと自体が今日の通常の市民感覚に反するのは勿論ではあるが、イェイツの反対論は多数に囲まれた少数派の権利擁護として重要な問題を提出する。つまり、思想・表現の自由、結婚・離婚の自由が人権として保障されねばならないのは言うまでもないが、イェイツの主張はそうした正論からよりも、カトリック多数者の横暴への恐怖から発していた。彼の中には一方でプロテスタントの地主が築いた文化の誇りと長い伝統のある地方名家の没落への愛惜が渦まいていた。それに対してもう一方に成り上がりのカトリック多数派に対する少数派プロテスタントのエリートとしての軽蔑と恐怖があった。

　階級社会である限り、旧体制を維持しそれからの特権を享受している人々がその恩恵を失ったり侵害されたりするのに恐怖を感じるのは当然である。にもかかわらず他人の犠牲の上に成り立つ非民主的自由を満喫することは不正そのもので弁護の余地はない。しかし少数派からする多数派への恐怖はおくれた政治意識の再生産の結果であると言ってすませていられる問題であろうか。むしろ時々に表われる反民主主義の思想には我々の常識を改

7．イェイツの政治性を考える

めて問い直させる契機となるものが含まれているのではないか。

　何故多数を恐れ嫌悪するのか。その人たちも自らの自由が他者の犠牲の上に成り立つことを単純に肯定し要求するほど厚顔ではあるまい。一つの理由は自らの側が数の上では劣勢でも質的に秀れた意見や文化を代表しているという自負（それこそ偏見かもしれないが）があり、それが質的劣性者の奉仕を当然と考えさせる。もう一つの理由は数的劣性のみによって、自らの望まぬものを強制される恐れがあることである。

　それでは逆に民主主義を擁護する側に問いかけてみよう。民主主義は劣った意見や文化まで守ろうとするのであろうか、少数は常に多数に従うことを要求されるのか。先ず前者について言えば、「質的に秀れた」意見や文化とは何なのかという問題がある。ソクラテスの時代から多数が衆愚に堕落するのはよく知られている。従って多数を形成するものはその数にふさわしい異なった意見をなるだけ多数内包した上での賛成多数でなければならない。そうした多数というものは啓蒙された多数であって、衆愚に堕する危険から一番遠いものである筈だ。その上で、改めて「質的に秀れた」意見や文化が主張されねばならない。民主主義の基本にある思想・表現の自由とは、少なくとも理性的に説得的に述べられる限り、その主張は他人の賛成とまでゆかなくとも理解は得られるという信念を表わしている。とすれば例えばイェイツの場合、先ず少数であろうとなかろうと、その意見を表現する自由は逆に民主主義そのもので守られているのである。次に「質的に秀れた」とするものが他者の賛同を得られるほどに理性に叶った説得力のあるものかどうかが問われる。

　この場合の「説得」であるが、意見が人をひきつけるのは、まずは少数・多数の問題ではない。Ａの意見にＢが賛成する。この場合ＢはＡに最初から全幅の信頼を置いている場合もあるが、逆に正反対の所から出発して同意に至る場合もある。前者は説得よりも追随の場合が多いかもしれない。しかし、先の「啓蒙された」多数なら追随ではなく、個別の賛成理由をそれぞれが所有するであろう。一方、後者の場合、理想的には「説得」より

も「納得」の方がふさわしい。納得の場合、人は他の意見に屈服したという印象は持たないであろう。それは強制の痕跡は殆どなくて、Bは自分の過ちや不充分さに自ら気付いて自発的にその訂正を課そうとする。AはBの正しい認識への補助であって、何らかの己れの力を誇るべきものではない。Aの意見がもし多少とも権威があるとすれば、それはその意見の真理性にあるのにすぎない。Bは腕力・金力・地位の上下などに屈するのではなく、眞理の前に素直に謙遜になるにすぎない。

〈少数は常に多数に従うことを要求されるか〉の問題も今見た説得＝納得の問題でおのずと明らかであろう。勿論、社会的に事を行うのに、例えば予算執行など、一定時間内に結論を迫られる事柄も多い。しかしだからと言って多数決が民主主義の本質であるとするのは誤解もはなはだしい。こうした誤解を生む責任は民主主義を標ぼうする側にもあって、数の力だけで少数派を屈服させる野蛮さがなかったとは言い切れない。皮肉なことに、市民的権利や民主主義の発達の歴史は、政治的に無権利であった少数派が多数派に転化していく歴史であった。何故多数に転化したのか、一つはそれが理性、正義に叶っているからであり、他方には無権利の何であるかを自覚する人々が増しその不当性が明らかになったからである。とすれば、少数であった時の無念さ、説得の困難に耐える能力などは多数派の中に生きているべき特性の筈である。従ってわたしは再び強調したいのだが、多数決原理は民主主義の中でもごく限られた一部であって、それも限定的にしか使われるべきではないということである。

もう一つ付け加えれば多数・少数の関係でそれが二つの力関係に集約されていると考えるのは性急である。様々な意見から出発してそれらが一つの結論に達する直前の段階にそうなる長い経過の一部だということを忘れてはならない。そのように考えると、多数の中にも、少数の中にも、さらに多数・少数の多くの関係が内包されている。そして、多数者自らの中でそうした多様性に気付くことは、多数者意見というものがより錬磨され鍛

え抜かれたものになる保証である。そうでなければ到達された結論が、その時点で最良の最も賢明なものとはなり得ない。先に少数者との関係で説得という現象を語ったが、それは実は多数者自らの間でも妥当する。自動的な追随を避けるためには、多少とも異った立場からの正しい結論を導く論理の発見にそれぞれが寄与する必要がある。新しい少数の出発がやがて多数を獲得するのも同じ経過を経るのである。また民主主義の多数とはそれが少数に変わる可能性を常に踏まえている。そこで問題は単純に数の多少ではなく主張される内実がどれだけ人を納得させるかということである。質を問題にする瞬間から、正誤に関しては或る時点の多数意見は少数のそれと対等の立場に立つ。民主主義はこの平等対等を基礎にしてしか成り立たず、それを守ることで自らを守るのである。

終りに一つわたしの個人的体験を語ろう。1989年のことであるが、ロンドンの国立劇場で『ヴェニスの商人』を見る機会に恵まれた。この芝居はすでになじみのものではあるが、この演出はちょっと驚きであった。御存知のようにユダヤ人シャイロックは契約によるとはいえ人肉を請求する非道な男とされている。確かに商人なら商人らしく借金のカタはもっと金目のものに目を向けるべきで、生命に代償を求めるのはすでに憎悪を満足する以外の何ものでもない異常さを示している。しかしそれはともかく、今までの演出はわが娘への仕打ちや貸付け取り立ての強欲さを経て、最後にシャイロックが失墜することを見る快感に人は喝采する。そこではユダヤ人一般への反感よりもシャイロック個人の性格が人の憎悪や嫌悪を招くように印象づけられる仕組みになっていた。ところがこの国立劇場のシャイロックは観客の反感が未だ充分ネジを巻かれていない前から、彼が通りを行くだけで、他人の嘲笑を受け、足蹴にされ、唾をはきかけられる。恐らく舞台の始まる前から、彼はそうした差別を受けるに価する非道を積み上げて来た個人的な歴史があったであろう。しかし我々が経験する舞台内では、その扱いを納得させる事件より先に、「忍耐こそわが種族全ての紋章」

という不当な現実が示される。こうは言っても勿論今までの演出にあったシャイロック個人の悪業への因果応報的性格が消えたわけではない。しかし上記のような演出がなされた意図の一つは、多数派の論理が支配する社会では少数者は常に如何に苛酷な運命にさらされるかを印象づけることにあったのではないか。

　異質なものへの目配り、少数者の権利への理解を可能にする想像力がなければ、多数者は、機械的な判断しかできない暴徒と化するであろう。これは少数派であろうとなかろうと民主主義者自らも恐怖すべきことがらである。
　民主主義者は多数意見を結集し、その意見に依拠して世界をより合理的で公正な仕組みに変革するのに熱心である筈だ。そしてそれ自体が決して易しいことではないし、それだけに実現すればすばらしい。しかし多数というものが、時には有形・無形の暴力となって自分の属する劣った意見や文化の弁護に転ずることもあり、それを自覚している多数派はもっとすばらしいのである。多数派が心すべきは、性急に自己の主張を通すことではなく時間的制約の許す限りは異った意見との対話に精力を傾けるべきことである。この経過はその多数派が真に公正で理性に叶った意見の持主か否かをおのずと明らかにし、もし肯定ならその立場の基礎を一層ゆるぎないものとするのに有効であろう。人は少数・多数に関わりなく、より賢明な方策の発見に可能な全ての手段を盡くすべきであるからだ。

8．Richard Hoggart 論

　'60年代以降の「文化論」の隆盛の中でホガートの果たした役割を無視する訳にはゆかないが、最初に彼がわたしたちの視野に入って来たのは、初期「オーデン論」の代表としてであった。考えてみれば「オーデン・グループ」というのは一種の社会現象で、文学が個性を何よりも大切にするという伝統を逆転したところがその新しさであった。彼らが学んだ直接の祖先、C. Day Lewis の挙げる、オーウェンは別としても、ホプキンズ、T. S. エリオット、W. B. イェイツなどが個性という自己にたよりつつそれなりに時代を反映していたのとは違った意味で、オーデン・グループは時代の声たらんとした。前者は時代が反映されるのは副次的な産物であるのに対し、オーデンたちは積極的にみずから時代の声たらんとした。彼らは自己を表現するよりも、どれだけ自分の中に時代が典型として含まれているかを吟味し、それによって時代の代表的な事例を示そうとした。それは必ずしも意識的にそうしようとしたというより、時代の流れが個人的な偏向を矯正して、一つの方向性をもった生き方を余儀なくさせるように動いていった事と関係があるかもしれない。

　まずグループというような動き方がそれであろうし、もう一つは Audenesque と言われるような、特徴的な言葉使いが見られることである。Bergonzi の *Reading the Thirties* はグレアム・グリーンの中にすらいかに深くオーデン的な言葉使いが染み渡っているかを例証したものである。

The advertisements trailed along the arterial road:
Bungalows and a broken farm, short chalky grass

123

Where a hoarding had been pulled down,
A windmill offering tea and lemonade,
The great ruined sails gaping.

幹線道路に沿って続く広告。
バンガロウと破産した農家、短い草の生えた白亜質の土地
そこでは広告板が引き倒されている。
風車小屋がお茶とレモネードを売っているが
大きな破れた風車の帆が垂れている。

　バーゴンジはこれをグリーンの『ブライトン ロック』第Ｖ部の１章から採って行分けしたことを種明かしし、それが文体・主題・用語などいかに「オーデン的」なものかを示すのである。「幹線道路」はオーデンの「考えてもみよ」〈Consider〉を初めとし、デイ・ルイス、バナード・スペンサー、などに登場するし、不況と農村破壊の象徴としての「破産した農場」はジョージ・オーウェルの詩「ヒズ・マスターズ・ヴォイス・グラモフォーン・レコード工場近くの破産した農場で」〈On a Ruined Farm near the（ママ）His Master's Voice Gramophone Factory〉やデイ・ルイスの『磁石の山』〈The Magnetic Mountain〉に出てくるという。また定冠詞の多用は既に認知された風景、個別に観察された同格の詩句の並列を意味する。また象徴的記述をねらうこの種の文章は現在時制を使うことなども挙げられている[1]。定冠詞については読者を既知の世界に巻き込む技巧として、イェイツで既になじみのものであるが、逆に「電報的文体」としてその意図的省略がオーデンの特徴だという指摘も別の研究者にある[2]。

　言葉に共通性が見られるのは、同じ視点と同じ関心と同じ発想に基づいていることの証明であろう。そしてこの時代に生きるということはそのような習性を少なくとも人生の一時期に所有していたことを物語っている。

8. Richard Hoggart 論

　ホガートがその早い時期にオーデン論を書いたことは、オーデンの影響力の強烈さ・広さを示すと同時に、ホガート自身の中にも同じ傾向が存在していたことの証拠であろう。

　またしばしば言われるように、'30年代の作家たちは驚くほど均質な生い立ちや経歴の持ち主だという。それは主流が public school から Oxbridge の流れを意味する。オーウェルのように public school 止まりのものもあるがそれは例外というほどのことではない。そういう面と、社会全体が、ある共通経験を余儀なくされたこと、いわば国民的主題――不況や戦争という――がクローズアップされたことと関係があろう。

　このように早い時期に文学を社会現象として捕らえる実例に出あったことはその影響を長く引きずることになる。オーデンの作詩法に時代の病は個人の奇癖や病歴となって現れるのを描くところがある。批評的治療者 (critical healer) とよばれるゆえんである。従って個人の病気を観察・診断すれば、時代の危機・欠陥・病症がより明らかにまた自覚されて、治療も容易になるという判断がある。diagnostic 診断的と clinical 臨床的というのもオーデンによく使われる形容詞である。

　　　　　　　Petition
　　Sir, no man's enemy, forgiving all
　　But will his negative inversion, be prodigal:
　　Send us power and light, a sovereign touch
　　Curing the intolerable neural itch,
　　The exhaustion of weaning,the liar's quinsy,
　　And the distortions of ingrown virginity.
　　Prohibit sharply the rehearsed response
　　And gradually correct the coward's stance;
　　Cover in time with beams those in retreat
　　That, spotted, they turn though the reverse were great;

Publish each healer that in city lives
Or country houses at the end of drives;
Harrow the house of the dead; look shining at
New styles of architecture, a change of heart.

　　　祈　願
なんびとの敵でもないあなた、意志の消極的倒錯のほか
すべてを赦したまう神よ、おおらかに授けたまえ
われらに光と力を下したまえ、我慢のならない
神経のむず痒さ、乳離れの疲憊
嘘つきの扁桃腺、内生した処女性の
歪曲を、王者の手触れで治したまえ。
下稽古をした反応を厳しく禁じ
臆病者の屁っ放り腰はおもむろに矯正ねがいます。
尻込みをする奴らには時をはずさず電光を浴びせかけたまえ。
見抜かれたとなれば廻れ右もいたしましょう。
あと戻りは大骨が折れるにしても。
都市に住む治療医は一人残らず公にしたまえ。
ドライヴ道のはずれの田舎屋敷のも同様に願います。
死者たちの住処を征服し、輝く姿にて眺めたまえ
新しい様式の建築を、がらりと変わった心臓を。　　（安田　章一郎　訳）[3]

　この詩は後に「著者が感じたことも抱いたこともない感情や信念を表現する不正直なもの」として、『短詩全詩集』から削除された。問題の箇所は新建築にあり、自分は古い建築が好きで、「人は偏見についても正直でなければならない」と言うのである。それはともかくとして診断性のよく現れた詩で、一つの時代性を代表しているのは確かである。ただ時代を代表するということ自体についてもオーデンは後にもっと個人的なありようを好むようになる。

8．Richard Hoggart 論

　また、もう一点、このホガートの『オーデン』論で取り上げておくべきは孤独が現代人の大きな病の一つだという認識のあることである。この書物の序文に三つの時代的特徴を問題にしているところがある。第一は小説が支配的で詩への興味などは一種の逸脱と考えられる。第二は現代詩が評論も含め一般読者の手に負えないものになっていること――これは第一の裏返し。第三に特に文学的素養はなくとも、今日の生活に関心をもち詩を読むこととその関心が重要なかかわりを持つかどうかを検討する場合、オーデンの詩が時代の苦悩とかかわっていると言えるという。こうした分析は分析行為そのものが時代の共有する関心に、より自覚的になること、それによってさらにお互いの結び付きが緊密さを増すことを視野に入れるべきである。そして先に孤独が現代人の主要な病の一つだと言ったように、その病を克服する一つの処方箋の発見がホガートのその後の関心になるのである。それは結論から先に言えば、新しい「コミュニケーション」論の展開ということである。

　ホガートの第二作『読み書き能力の効用』は今では Raymond Williams の『文化と社会』、E. P. Thompson の『イギリス労働者階級の成立』などとともにイギリス文化論の古典的地位を占めている。この読み書き能力というのもホガートの一貫した関心事で、それにはやはりきちんとした表現の持つ力への信頼、それによって人と人を結び付ける処方箋を考えている。

　この読み書き能力重視の動きとは別に、他の文化論と共有する関心事も明らかで、それは従来の文化の価値の階層制 hierarchy の中で不当に排除されてきた「大衆文化」「労働者の文化」の発見・復権の問題である。ただし、よく言われるように、この書物はどちらかと言えば自伝的要素の強いもので、自分の生まれ育った環境や時代の特性を強調するあまりに、それへのノスタルジックな思いをふっ切れないところがある。しかしそれとともに、まずそこには存在を主張するに足る文化が存在することを実証しようとする熱意も併存しているのである。よく批判される「ジュウクボッ

クスボーイズ」の記述は一つはアメリカナイズ以前の共同体社会の持っていた個性を尊重するあまりに、この新しさに対して極端に敵対的になっていることである。確かにマス化、大量・画一化の堕落は批判さるべき側面を持つが、新旧対立の中で新しいものの持つ未熟さ、洗練不足の中に将来の発展のエネルギーも潜んでいることがしばしばあるのは見落としてはならない。

　　……それが現代風装飾小道具の不潔さ、ギラギラする見てくれ、全く美的見地からいって目茶苦茶だということであり、それにくらべれると、そこへやってくる顧客たちの貧しい家の居間のレイアウトのほうが十八世紀金持ちのお屋敷のような調和のとれた文化的な伝統を物語っている……[4]

　この新しさに取って代わられた以前の庶民の生活は決して豊かなものではなかった。トイレは外にあり、「いい食事」は「バランスのとれたたべ物を提供するということよりも、とにかくゴタゴタいっぱいたべ物のある食事」[5]を意味していた。また「労働者階級の母親が早く年をとるのは明らかである。30をこえ、2人か3人の子供をもつと、彼女はもうほとんど性的魅力をなくしてしまう。35から40のあいだあたりから、彼女は急速にいわば形のない人間、家族が『おれたちのおふくろ』とよぶところの人間一般、になってしまう」[6]。

　しかしこれらの否定的側面に対し、ぜいたくではないが、この労働者階級の生活には、基本的は要求を満たしつつ、独自の魅力を加味する面もある。〈いい「居間」というのは、三つの主要な条件をそなえていなければならない、ということだ。家族のものがゴチャゴチャしていること、あったかいこと、よい食べ物が沢山あること〉[7]。

　まずこの『読み書きの能力の効用』の最初は、〈誰が「労働者階級」か〉の章で始まる。恐らくこの問題では当時つまり'30年代から戦後あたり（1945年）に比べれば、典型的労働者像は今日はずっと複雑は様相を示し

ているであろう。それは階級間移動がはるかに大掛かりに、質的に複雑な要素を含みながら、しかも国際規模、グローバルに平行して、また複数の国家間にまたがった形で進行しているからである。それはさておいて、ホガートがこの書物で問題にしているのは彼の育った社会、つまり'30年代から戦後の時代を中心としているが、その時代は未だ社会階層・階級の質が一つの塊として取り出せる時代であった。その証拠の一つは勿論物質的基盤の、所得、社会施設、食習慣などが階級的特性を強固に保存していたということはある。しかしもっと変化の遅い言語習慣もその指標として考えることが可能であった。

　ここにはおもしろい問題が潜んでいる。今わたしは言語が頑固な保守性を示すことを述べたが、これは他方で急速な変化を大きな感染力で引き起こす面もある。流行語、あるいは演歌などと結び付いた流行の一世代ももたない移り変わりの早さなどはこの国でもよく知られている。ホガートもその点は計算しているが、その見た目よりも予想に反して主婦や若者が狭い領域の語彙の間を動いていることを指摘するのである。

　ホガートは実例を小児科診察室、あるいは店先の買い物する間の主婦達のやり取りを引用する。そして「通俗新聞や映画が活躍しだしてからもう50年にもなるのにかれらの日常会話は、そこからごくわずかな影響しか受けていない。」[8] 彼女たちの会話である「生活の基本的要素――誕生、結婚、性交、子供、死――のまわりには、古い慣用句が一番ビッシリ密集している」[9]。これは興味をそそられるので実例を引用しよう。

> 'A slice off a cut cake is never missed' (on the easy sexual habits of some married women).
> ナイフを入れたケーキならもう一切れ食べてもわかりゃしない（既婚女性のあるものの性についての尻軽さ）。

129

'Y' don't look at the mantelpiece when Y' poke the fire (a woman doesn't need to be pretty to make sexual intercourse with her enjoyable).
火をかいているときは暖炉なんて見ないでしょ（あたしとの性行為を楽しむのに美人じゃなくてもいいでしょという）。

'Ah'd rather 'ave a good meal any day' (debunking comment on a woman whose physical attractions are all too noticeable).
いつだってたっぷり食う方がいいぜ（肉体美が見かけ倒しの女性を暴露する批評）。

'Y'll last a man a lifetime with care' (for sex and housework—to a young wife ill in bed and feeling a bit sorry for herself)
（性でも家事でも）用心して使えば男は一生保つぜ——（病床にあってちょっと情けない気になっている新妻に）。

'Nay, they don't oppen t'oven for one loaf' (a middle-aged mother to a young wife expecting her first baby, who had said that she would be happy to have only one child).
だめだよ、一本だけでパン釜など明けるもんか（初産を控えた若い女に中年の母親が言う。先の女は一人いれば十分だわと言ったことにたいして）。

ホガートのコメントはこれらが「話し言葉にもっと肉体の動きがこもっていたころの遺物」だという。それはそうかもしれないがこれらはまた、確か詩人の Anthony Thwaite 氏が言っていた「古典的主題」——自然、誕生、愛、死といった——でもある。衣食住という行為を取り巻く言葉はそう簡単に変わらないし、その悩みの多い階層にはそれだけそこから離れがたいのである。その限りではこの衣食住に関する部分は古い形を一番長

8. Richard Hoggart 論

く引きずるものかもしれない。そしてそれらは文学的洗練とは遠い言葉かもしれないが、そこにはまたある階級の文化が最も際立った形で残されている。その限りで、言葉が文化の指標になり得るのはここでもまた確かな問題なのだ。

　ホガートの第三作 *Speaking to Each Other* も同じ傾向は変わらない。これは一巻が About　Society、二巻が About　Literature となっているが、社会についての第一章は自分の生い立ちについての自伝的文章である。父親が発明的な才能の持ち主で圧延工のときに巨大な鋼板を移動する留め金を工夫して事故を少なくした話、一次大戦に徴兵されてマルチーズ熱に犯されて死に、未亡人の母親が苦労して子供を育てたこと、母親がいわゆる典型的な「労働者階級」ではなく労働者階級の父方の人からは "Oh! She was a lady, was your mother." と呼ばれていて、"I've got a sense of her way of talking, a way which wasn't Leeeds working-class; but that may be something I've invented from hearing people describe it."[10] などが述べられている。

　ここにはホガートの典型的な発想が現れている。まず一つは言語に階級性があること、次にはそれを分析する際の反省・留保を伴う可能性を提示することなどである。言葉の階級性は何も今に始まったことではない。しかしそれが先の『読み書きの能力の効用』にも繰り返されたように、一つの物質的条件に匹敵する力として扱われているのは見ておく必要がある。

　またリーヅ大学の英文科に進んで Bonamy Dobrée の指導を受けてから、英国の北と南の文化の違い、異なった社会階級の文化比較への関心が始まったことを述べている。しかし先の反省・留保を伴う可能性の提示などは幼いころからの自分と回りの違和感から出発したことを窺わせるところもある。この文章の終わりは「自分は不安定で自己を正当化したい気持ちが強い」こと、グラマー・スクールに行けたことは従来の世界とは異なった世界が開かれてよかった。が、回りの連中とはるかに違った進路や経歴を選

んだ結果として孤立する、その孤立は自分が作り出したもので他人に責任を求める訳にはいかない。にもかかわらず「わたしは話を邪魔されたり、拒否されたということにはひどく敏感に反応した」。同時にそのよい面はnonconformity and dissidence 孤立、反主流、反体制にあると結ぶ[11]。二巻には Auden、Orwell、Graham Greene あるいはアメリカ文学の Henry Miller、Tom Wolfe が並ぶが、その第二章 Literature and Society は文学を学ぶときになぜ人は自分の個人的また社会的世界を再創造 (recreate) しようとするのかという問いへの答えで終わっている。理由は二つ上げられている。一つはそうすること自体の自己目的的性格、つまり自分の人生の本質についての驚きと畏怖 (wonder and awe) の念があること、人生に立ち向かおうとすることに面白がったり、皮肉に感じたり、誇りに思ったりするからだという。第二の方は文学が聴衆 audience、つまり他人 (others) との係わりをもつことにある、文学は他者との伝達 (communication) の可能性とその価値を前提にしているからだという[12]。ここにもまたコミュニケーションへの信頼、いや確信と言ってもよいものが読み取れる。これは Seamus Heaney が引用した Robert Frost の言葉であるが、価値を投入された言葉というものは必ず伝わること、言葉は経験そのものと等価物ではないにしても、経験の本質は取り込んでそれを他者に伝えうるという信念がある。

> Every single poem written regular is a symbol small or great of the way the will has to pitch into commitments deeper and deeper to a rounded conclusion and then be judged for whether any original intention it had has been strongly spent or weakly lost; be it in art, politics, school, church, business, love, or marriage—in a piece of work or in a career. Strongly spent is synonymous with kept.
>
> 'The Constant Symbol'[13]

8．Richard Hoggart 論

　立派に書かれた詩の一つ一つは意志が仕上げの結論にますます深くかかわりその意志が最初持っていた意図が強く実現されたか空しく失われたかを判断されるありようを大なり小なり表す象徴である。それが芸術の場合でも、政治、学校、教会、事業、愛、結婚の場合であれ－作品であれ人生の経歴であれ（同じである）。強く費されたもの（意志－筆者注）は長く保持されるのも同義である。

　考えてみれば経験そのものでも、記憶の中で一種の変質を被るのであって、その変質は必ずしも悪いものではない。必要な形に姿を変えて保存されるように思う。詩人が取り出す過去は過去の経験そのものというより、こうして最適な形に変容した過去ではないのか。したがって、経験そのものがあたかも自分だけにしか分からないと思い込むのは、それが元のままに保存されるとする勝手な思い込みだけでなく、伝達の努力を放棄した怠け者の思想かもしれない。

　最後にもう一つ The BBC Reith Lectures を本にした *Only Connect− On Culture and Communication* に触れて話を終わりたいと思う。これは副題がすべてを語っているとおり、ホガートの生涯的関心の総括のようなところがある。どの社会にも言わば「当然のこと」「自明の理」のような決まりがある。それは半ば無意識に我々の生得の一部のようになっていて、そこにまつわる偏見のようなものはなかなか取り除きにくい。語調・間合い・声の質、目、顔、あるいは習慣的な身振り、衣服、などが伝えるもので、例えば "public smile of a handsome man, a man still handsome in middle age, who knows he is handsome". （見目よい男、中年過ぎでも見目よさを保ち、自分の見目よさを知っている男の、人前での微笑み）、あるいは "a crowd of middle-aged men mostly wearing elements of the same well-known uniform− the dark suit, homburg, good brief or executive case, rolled umbrella, pigskin gloves−and the same style of face; all in all a portliness, an air of substance, importance and seriousness. Solicitors, higher executives of Building Societies, officials of the big works and corporations, professors."[14]（たいていは同じ種類の人に知られた制服のような要素のものを身につけている中年の男たちの群れ——黒のスーツ、中折れ帽、上等の書類カバン、巻いた傘、豚革手袋——さらには同じ顔付き。だれも決まってでっぷりして、重厚で地位があり堅苦しい様子をしている。弁護士、土建業の管理職、大企業や大会社の役員、教授たちである）。

　すべての社会はそうした public な、可視的で典型的な顔があるが、それと private な、内面的な顔とのズレをどうするかの問題がある。表の顔は期待されたとおりを演じようとする自己規制的な面がある。それに対して私生活に戻った場合は反動的として逆に揺れる傾向もある。「典型」を考えるときにはこうした両面を考慮する必要がある。

　ホガートはパリの UNESCO 本部で働いた経験から同じ年頃のフランス型とイギリス型の public man を比べる。同じところよりも違いの方が思いがけないので興味があると言う。

　　　フランス型はさらにすらりとして、かれはイギリス型よりも優雅で、手入
　　れが行き届いて、より専門職的である。髪の毛を刈り込んで、細い金縁メ
　　ガネをかけているかもしれない。まさに「高級官僚」と呼ばれるにふさわ
　　しい。イギリス型はもっと形式張らず、手足の動きもだらしない。
　　　この種のイギリス人は明らかに活動的である。彼らは不敬的で官僚主義に
　　反抗するのが好きだ。彼らを皮肉って、「居眠りの落ち着き」と言うのは簡
　　単だ。しかしこの連中は堅苦しくはない。いろいろやらかすし、考えてい
　　るほど一つの範囲に収まってはいない。必要以上に深く気にしなければ彼
　　らのなれなれしさも恩きせがましさはない[15]。

　こうしたエピソードを交えながら、ホガートはやはり自己批評的である。社会にはいくつかのコード（軌範）があり、それを解読するカギも与えられている。しかしそれは便利であっても、必ずしも正確ではない。今の中産階級のイメージに比べ、ホガート出自の階級はどうであろうか。一般的

に言って、もっと自由で独立心に富み、自分を客観的に見られるにしても、「典型」という点では一種のファッションに従ったグループ分けで、どう選んで解釈するかは個人の視点にかかわっている。

> One of the main results of questioning yourself like this is being led step by step to see how many more cliches you have in your own baggage than you had thought.[16] "…if we looked more closely we would—all of us, whatever our education—be surprised by how much we had simply taken over unexamined.'[17]

> このように我と我が身に問いかける主たる成果の一つは自分のカバンの中に思っていたよりも多くの決まり文句をもっていたかを一歩ずつ判るようになることである。……もしもっと綿密に見るなら、我々は皆、教育程度が何であれ、どれほど多くを吟味もせずにただ引き継いでいるかに驚かされるであろう。

そしてその結論としてはこうして読み取ったものを解釈し直す(reinterpret)必要を強調する。

その自己の再発見に至る道の一つが「自分に語りかけること」と言う第二章である。我々は自己保全的に、自分の文章や話の中に特徴的な語句を挟む。「挿入、接続詞、間合い、間投詞、省略節、見かけの付加的意味。要するにそれらは保険であり支えであり、体面維持であり、損失回避手当にすぎない」。

> 'in one sense; in a way; perhaps; of course; it is precisely; we all know; naturally; I realize that; I suppose; in some respects'[18]

こうした部分は無意識に思考を逸脱させる危険がある。それらのずれが

感情と思考のずれにも鈍感にさせる。一番はっきり出るのは住居、医療、教育、環境一般などの社会問題に関して当局が行う決定の多くに見られるという[19]。これらに対するホガートの処方箋は

getting straighter with yourself in writing, the better to talk to others.[20]
書きものの場合はより自分に直截になり、他者に話しかければ猶よい。

the hope that honestly-seen experience becomes exchangeable.[21]
正直に見つめた経験は相互に交換可能だという希望

　三章の「他国にて」四章の「故国喪失」は国連のような国際機関に働く人の故国と言語の関係を論じ、国際的になることのプラスマイナスを指摘する。先の当局の社会問題についての責任回避発言と似たものが、国際機関の職員にも見られるというのである。つまり本国の意向と外れまいとする防衛本能が必要以上に発言の紋切り型や用心深さを生み、従ってあいまいになっているというのである。他方ではお茶の間に世界のニュースが直接 real time で侵入する世界では一般庶民までが generalised され抽象化された知識に呪縛され natural な national identity を失う速度は早くなる。このような時代に流通性という「実用」の波を受けて、ホガートの言う自己を知る、母語をより正確にという処方箋はどれだけ抵抗できるかは疑わしいかもしれない。
　五章は先に少し紹介した公私の問題でタイトルはオーデンの詩からとっている。

Private faces in public places[22]
公共の場の私人の顔

8．Richard Hoggart 論

　そしてそのギャップを埋めるのも広げるのにもジャーナリズムの力が大きいこと、放送記者はその影響力の大きさを自覚すべきであることを論じている。さらにまた資本の論理だけに支配されない民主的で公正な監督機関の設置も主張している。ホガートの主張にはイギリスの制度への信頼が比較的強いことで、彼はイギリスの現行の監督制を是認している。ここでひとつ最近の動きとからめて言えば、彼は視聴者の側での防衛的な努力、media literacy には触れていないことである。1971年というので media literacy の問題はまだ時期尚早だったのかも知れない[23]。しかし上からの是正、発話者、発信者の側の工夫・努力と相俟って、今日では草の根的な賢い消費者、批判力のある受信者が問題になっているし、またその可能性も高まっている。ホガートの主張からすればこの側面にも十分同情的なはずだし、もっと信頼を置いてもよかったと思われる。

　そして最後に A Common Ground の章では今まで述べてきた一国民として刻印された生得の限界を超えなければ national な文化は牢獄のような束縛になるが、基礎の根を張らない国際主義は逆に浅薄なものになることを説く。それは常識的ではあるが一番困難な道でもある。しかしそれを可能にするにはいくつかの前提を考える。

　まず第一は
　　社会や組織より個人が大切、イデオロギーは文化より、国家は共同体より劣ることを認めること、
　　その上で正直に話すこと、真理に加担しそれを尊重すること、
　　人々は真理と呼ぶものへの到達を願う、それには物事を正しい名で呼ぶこと、
　　外部の力に妨げられることなく、自分の選択として理念に従って生きること、
　　健全な社会はその中に違った議論をする多くの声、支配的な見方と違うことを主張する声を含まねばならない。

第二

　我々は実際にお互いに手を届かせられる。伝達は大事で伝達は可能だということ、自分に正直になること、それは信仰の行い（acts of faith）でもあるが、これによって我々は真理尊重が具体的になる、また人生の本質を真に議論する願いを持つこと、経験は交換できるし、個人的経験は個人を越えた意味があり、それは共有でき、典型となり、象徴となり、意義深いものとなる。

　以上はホガートの連続講演の結論であるが、最も特徴的なことは既に幾度か触れたように、言語の重視であり、人は自国の偏見に一度は感染するのは避けられないにしてもそれを自覚し克服し真に自己を解放するのは言語的思考による訓練しかないという。個人的経験を絶対視せず経験が言葉を媒介として「交換可能」と考えているホガートには、真のところで人と人とが手をつなげることを信じる楽天性がある。これはしかし楽天性というよりもそれなくしては世界は破滅しかない、その一歩手前でどう踏みとどまるかの覚悟の表明かもしれない。経験を言葉に移し得ないという主張には人間が動物から自分を解放してきた歴史への不信があり、この二つが今日ほど激しくせめぎ合っている時代は少ないのかもしれない。

8．Richard Hoggart 論

注

1) Bernard Bergonzi: *Reading the Thirties* (Macmillan 1978) p.60
2) 岡崎康一 訳（Hoggart）『オーデン 序説』p.21
3) 安田・風呂本・桜井『オーデン名詩評釈』（大阪教育図書 1981）p.6
4) 香内三郎 訳（Hoggart）『読み書きの能力の効用』p.196
5) 香内　同書 p.36
6) 香内　同書 p.43
7) 香内　同書 p.35
8) 香内　同書 p.28
9) 香内　同書 p.29
10) Speaking to Each Other p.15
11) 同書 p.27
12) 同書 p.38
13) Robert Frost: Selected Prose p.24
14) Only Connect p.19
15) 同書 p.22
16) 同書 pp.23-4
17) 同書 p.25
18) 同書 p.30
19) 同書 p.39
20) 同書 p.40
21) 同書 p.41
22) Private faces in public places
　　　 Are wiser and nicer
　　　 Than public faces in private places. W. H. Auden: '30年代の Shorts の一つ
23) メディア解読力は単にメディアを読む、見るだけではなく、それに対する批判力を伴う作業である。一方でこのようなメディアを人間化する努力があるが、他方で言葉はより記号化の性質を強め、dennotation 表示的部分が肥大し、connotaion 含意的部分を削っていく傾向があるのではなかろうか。

参考

Richard Hoggart: Auden — An Introductory Essay (Chatto & Windus 1951)
岡崎康一 訳『オーデン 序説』(晶文社 1974);
 The Use of Literacy (Chatto & Windus 1957)
香内三郎 訳『読み書きの能力の効用』(晶文社 1974、1999);
 Speaking to Each Other (Chatto & Windus 1970) vol.I About Society, vol.II About Literature;
 Only Connect (Chatto & Windus 1972) — *On Culture and Communication*

    本原稿は愛知学院大学教養部言語研究所の講演に準備されたものである (2000年10月13日)。

8．Richard Hoggart 論

　　　　補　足　リチャード・ホガート雑感

　イギリス文化研究の先駆者の一人、ホガートについて彼の仕事の重要性は十分認めたうえで、それ自体の含んでいた時代的、個人的、学問的な限界の指摘（それはこの分野の発展の間接的証明でもあるが、）がなされている。例えばリン・チュン『イギリスのニューレフト』（渡辺雅男 訳 彩流社）は労働者階級の伝統が、コマーシャリズムと意図的な資本の攻撃の前に「物質的向上」のニンジンで「文化的後退」という麻薬を飲まされていることを論じている。ここには労働者階級と民衆が育ててきた独自の文化がいわゆる近代化と大衆文化の大波に呑まれていく過程が見て取れる。ただ、労働者階級の文化と大衆文化をこのように二律背反的に捉えてよいかどうかの問題は残る。この関連でリン・チュンはE.P.トムスンの鋭い批判を紹介している。それは労働者階級の文化享受を「受け身の存在」としか見ていないということ、それが招来した結果は、労働者階級の文化が大衆文化に吸収され「きわめて有害かつ事実に反する同一視」（ウィリアムス）となったことである。
　これはホガート批判ですでに提出されたロマンチックな傾向、過去の民衆・労働者文化へのノスタルジーからそれを過大に評価すること、その反動としての新しい大衆文化への過度な反発などである。ここには大衆文化をさらに正確に分析する課題が残されていることを物語っている。またリン・チュンがいみじくも指摘しているホガートの発想にあった「無階級性」の問題もこれとの関連で理解する必要がある。
　「無階級性」とは消費社会の中では製品の販売対象は階級の壁を越えなければ商業的に採算の取れる顧客を獲得できない。大量生産の流通によって「階級的分断」の状況はより目立たなくなるという。それはまた文化的には労働者階級と中産下層を含む中産階級が構成する集団を意味する。かつ

ては中産階級の上部以上とそれ以下に別れていた文化の階級性が数量的にも質的にも変質したことを物語っている。

　それはかっての規準線の低下で文化そのものが低下したと言うよりは、一握りの貴族が上部文化から脱落し、中の上階級とそれ以下が均質化されて、下方が引き上げられて合同したと言う方が正確ではないだろうか。

　アメリカの社会学で階級という言葉を使うことに消極的であることを聞いたが、そのことと今の「無階級性」とはどこかでつながっているかもしれない。無階級とはそのような幸せな状態が到来したことではない。とすれば婉曲語法で実態を隠す結果にしか繋がらない。リン・チュンも引用しているが、〈「労働者階級」という名称がなくなったとしても、依然として、味気無い機械的な仕事をしなければならない大量の人々が存在するのであって、「新たなカースト制度」は古い制度と同じくらい強固である〉(p.84) このような目配りは文化論が文学研究の単純な延長拡大ではなく、むしろ積極的にそれと決別し、新しい研究分野を確立しようとしていることの証明であると言える。つまり従来の文学研究では政治的課題へのかかわりは、ヒューマニズム的関心の範囲を越えることはなかったように思う。これに比べると、例えばコミュニケーション論一つを採っても、それは従来の文学的価値が込められたテキストの扱いだけでは済まされない問題を、むしろそのような「文学的」価値を含まぬテキストを中心に扱わなければならない。それは従来の著者－作品－読者という連鎖・結合を越えて、権力関係や資本の論理あるいは男社会を形成してきた歴史を視野に入れなければならない。このコミュニケーション論の隆盛についてもやはり一言付け加えるべきことはある。それは文学的テキスト離れで失うもののことである。単純でストレートな伝達を最上の目的としたとき、文体に含まれる皮肉・機知・ヒューマー、あるいはアフォリズム的雄弁さなどは切り捨てられてゆく。均質化された文体の無味乾燥さは既にご承知のとおりである。均質という効率至上主義の犠牲にされた結果が、人間の画一化でしかないとしたら、話は再び振出に戻るのではあるまいか。文化論が孕む鬼子の問

題は今後とも注意しておく必要がありそうである。

　一方それは文学研究だけの変化を意味するものでもない。社会学・文化人類学を媒介として、政治学・経済学の変化をも促すものであろう。その意味では事態は短期間のうちにホガートが始めた地平をはるかに越えている。この流れの中では、両者は同じ世代に属しながらホガートよりもレイモンド・ウィリアムズの方がより遠くまで歩いている気がするが、それはまた別の物語である。

　差し当たりホガートが文学研究の名残を止めているところを一つ上げておけば、それは自己批判的な謙遜の問題である。彼の *Only Connect－On Culture and Communication* (Chatto & Windus 1972) は、パリの UNESCO 副代表であった経験と観察をもとにした前年の The BBC Reith Lectures であるが、そこには自国の習慣を持ち込むことが多くの誤解の危険を含むがゆえに、意識的にそうした national なものと一定の距離を置かねばならない人達が描かれている。彼らは慎重さを旨とするがために、必要以上にあいまいな、形式や慣行に沿った話し方を、用語法を身につける。こうした言葉に対する敏感な観察と、アメリカ人・フランス人の特徴を論じた後、ほとんど必ずと言ってよいほど、イギリス批判に立ち返るのがこの講演の特徴である。これは多文化共存、異文化接触の場合の最大の教訓が、己をよく知るという古典的な知恵が文学的訓練から派生したことをうかがわせる。他方コミュニケーションやジャーナリズムの民主化、とりわけ放送ジャーナリズムのそれについて、イギリスの制度が比較的「理想」に近いとしているのは単純に national なものを否定しているとも言えない。人は natinal なものに厳しく批判的でありながらなお national であり得ること、この狭い困難な道をホガートは身をもって示していたように見える。

9. 幸・不幸の感覚は消し去ってはならない
―― アングロ・アイリッシュの文学の教訓 ――

　アイルランド文学が日本語に翻訳されたのは時期的にかなり早い。1910年頃、つまり明治維新（1868年）というこの国の近代化の半世紀後、劇場の近代化を図る「新劇」[1]運動があった。それまでは日本の舞台は伝統的な歌舞伎、人形浄瑠璃、能などで、筋は大なり小なり、型にはまっていた。封建社会では許されぬ身分違いの恋、様々な困難を克服しながら本願を遂げる敵討ち、仏教説話の地獄極楽や、幽霊話、夢物語等である。

　最初、シェイクスピアの台詞すら歌舞伎調の文語的文体に訳された（「シーザー」は1884年）。しかし当時の日本人は既に、西欧の芝居や文学に見られる個人の自由を謳歌する近代人の生き方の魅力を感じ始めていたに違いない。彼ら日本人の目に映る近代人は個人とその環境の間の軋轢、社会的風土からの自我の疎外に苦しむ同時代的典型を映し出していた。このような自覚は時とともに強くなり、維新から数十年後に舞台の近代化、小説の言文一致[2]などの運動を生じさせた。アングロ・アイリッシュ文学の紹介・導入はちょうどこのころに始まった。

　一部の例を挙げれば、例えばW. B. イェイツの芝居の翻訳と紹介は、その先駆的な動きの一つである。

　　The Land of Heart's Desire　(pb.1892)　松田良四郎『心の希望の国』
　　（訳 1913）
　　Cathleen Ni Houlihan　(pb.1902)　小山内薫『フウリハンの娘』（訳 1910）
　　The Pot of Broth　(pb.1903, stgd.1902)　松田良四郎『羹の鍋』（訳 1913）
　　The Shadowy Waters　(pb.1907, stgd.1904)　仲木貞一『まぼろしの海』

9．幸・不幸の感覚は消し去ってはならない

（訳 1911）
Deirdre（pb.1907, stgd.1906）萱野二十一『デアドラ』（訳 1913）
On Baile's Strand（pb.1903, stgd.1904）西条八十『ベエルの磯』（訳 1913）
The Hour-Glass（prose pb.1903, stgd.1903; verse pb.1913, stgd.1912）小山内薫『砂時計』（訳 1909）
At the Hawk's Well（pb.1917, stgd.1916）平田禿木『鷹の井』（訳 1920）[3]

　頃はまさに「アイリッシュ・ルネサンス」の時代で、イェイツばかりでなく、シング、グレゴリ夫人、G. B. ショウ、ワイルド、オケイシィ、ダンセイニ卿などが移植されつつあった。これらの特徴はイェイツの例からも分かるようにほぼ同時代文学として受容されていたのである。このようなアイルランド文学への関心は多少の断続性を伴いつつ第二次世界大戦の開始まで続くが、当時の日本人の興味はリアリズムや叙事的物語性よりはアングロ・アイリッシュ文学の特徴とも言えるシンボリズム、神秘主義、牧歌的叙情に向かっていたようである。この三種の反応は日本の伝統に既に内在していたことを考えれば驚くには当たらない。日本人はその感性や思考法を大幅に変更しなくとも半ば自然なものとしてこれらの反応を示せたのであろう。
　日本の短詩型の長い歴史にはシンボリズムの豊かな例がふんだんに見出される。人口に膾炙している万葉集の人麻呂の百人一首版を見てみよう。

　　あしびきの　やまどりのお　しだりおの
　　　　ながながしよを　ひとりかもねん

この歌の英訳は手元の William Porter 氏の訳と注では次の通りである。

Long is the mountain pheasant's tail/ That curves down in its flight:/

But longer still, it seems to me,/ This unending night.[4]

そしてこれに注して次のように述べる。

> ...In this fourth line nagashi may be taken as the adjective 'long', or the verb 'to drift along'; and yo may mean either 'night' or 'life'; so that this line, which I have taken as 'long, long is the night', may also mean 'my life is drifting, drifting along'. Yamadori (pheasant) is literally 'mountain bird', and ashibiki is a pillow-word for mountain, which is itself the first half of the word for pheasant.

「ながながし」を動詞とする日本人はまずいないであろう。また「よ」を「ねる」と結合させた場合の「よ」を life と考える人はまずいない。しかしそれは別としても、この注には一言付け加えておきたいことがある。枕詞 (a pillow word) は記述的修飾語として、the swift-footed Achilles とか the rosy-fingered morning など西欧でも既に見かける修辞的慣習である。そこではその修飾語は記述対象の名詞とあまりに密接につながっているのでそれらはハイフンでつながれた長い一つの単語のように響く。しかしこれに似たもう一つの序詞の方は名詞を制限したりただ修飾するだけではなく、読者の心を来るべき話題に向けて整え準備させる。枕詞も序詞も（あるいは縁語もそれに加えてもよいが）発話者と聞き手の間を結ぶ暗黙の了解の慣行があって初めて成立する技法である。

　　あしびきの　やまどりのお　しだりの
は試訳すれば As a (long-drawn-footed mountain)-phesant trailing its tail long behind とできるであろうし、その後半の
　　ながながしよを　ひとりかもねん
は so in a disgustingly long night alone Oh must I sleep. と訳せる。こうして形容詞の「あしびきの」という枕詞はやま（どり）を導入する

9．幸・不幸の感覚は消し去ってはならない

が、「あしびきの やまどりのお しだりおの」という全体は序詞として読み手（聞き手）の心に次に続く言葉（ながし）を予想させる。それだけでなく、「ながし」という一言の説明を敷延して抽象的な単語に具体的で視覚的なイメージをも添える。こうして結合された二つの単語あるいは観念は一方が他方の比喩あるいは象徴として相互に置き換え可能なほどの親密さをもった一単位となる。

象徴的表現のもう一つの例は芭蕉から採ろう。この17世紀後半の詩人によって、このころ既に数百年間日本人はこうした象徴的技法になじんでいたのである。

旅　立

弥生も末の七日、明ぼのの空朧々として、月は在明にて光おさまれる物から、不二の峯幽にみえて、上野谷中の花の梢又いつかはと心ぼそし。むつまじきかぎりは宵よりつどひて、船に乗て送る。千じゆと云所にて船をあがれば、前途三千里のおもひ胸にふさがりて、幻のちまたに離別の泪をそそく。

　　　行春や鳥啼魚の目は泪

是を矢立の初として行道なをすすまず。人々は途中に立ちならびて、後かげのみゆる迄はと見送なるべし。

芭蕉『奥の細道』（岩波文庫）p.10

We disembarked at place called Senju, and my heart was heavy at the thought of the miles that lay ahead.　And though this ephemeral world is but an illusion, I could not bear to part from it and wept.

　　Loath to let spring go,
　　　　Birds cry, and even fishes'
　　　　　　Eyes are wet with tears.

I composed this verse as a beginning to my travel diary, and we set off, but our feet dragged and we made little progress. Our friends stood on the road and watched us until we were out of sight.

(translated by Dorothy Britton)

(*A Haiku Journey* Kodansha 1974, p.30)

　この引用からも分かるように、日本人は自然をあたかも人間的能力の持ち主のように眺めることに慣れている。事実として「鳥は泣く」し、「魚」の目が涙を浮かべるかもしれないが、もちろんそれは人間の涙と同じではない。だがその記述を事実として受け止めることにそう大きな抵抗はない。しかしそのことは芭蕉がここで読者に期待することではあるまい。すべて生きとし生けるものは人間と同じに悲しんだり喜んだりするという相互の了解が人々の間にあるということが重要なのである。だからこそ自然の事物について書くときにそれらが「人間の条件」を反映させることを期待できるのである。鳥も魚も時間の経過することの悲哀、生命の衰退と死の悲哀を感じることができる。そして人々のみならず、鳥や魚も芭蕉と一体になって生のはかなさの悲しみに唱和する、旅とは正に変転する生の象徴である。

　さて前書き部分で、訳者 Britton は原典を次のように訳している。

And though this ephemeral world is but an illusion, I could not bear to part from it and wept.

しかしより正確には以下のように訳したい。

Thinking over a long journey before me, I shed tears of parting, though I should have been less sentimental being aware that life or the world itself is transient.

9．幸・不幸の感覚は消し去ってはならない

　訳の成否はともかくとしてわたしの言いたいことは、ブリットン訳では万物が共有しているこの世のはかなさという相互の前提があまりに直接に芭蕉の個人的感情に置き換えられていることである。しかし芭蕉はこのはかない世からの決別を嘆いているのではなく、もっと直截に見送り人たちとの別れを惜しんでいる。「幻のちまたに離別の泪をそそく。」この世のはかなさという観念は背景音楽のように底流として理解されるべきである。また芭蕉は見送っていた友人の実際の姿を考えているというより、彼らの心根を共感込めて推測している。引用からこの世は仮の姿で、永遠の場所に行く前の一時的滞在に過ぎないという認識を見て取ることができる。わたしたちはこのような存在の二元性に慣れているのですべてを象徴化するのはいとも簡単ではないか。

　神秘主義もまたこの国では長い伝統がある。もちろんそれはヨーロッパのそれとは違うし定義すること自体困難であるとともに自己矛盾的なところもある。つまり神秘主義には本質として定義を拒否する傾向がある、きちんとした定義よりも先に対象を受諾することを先行させる。達磨の面壁のエピソードのように禅の修行で言われる、まず分析する熱意を捨てて事物が向こうから開示するのを待てというのはこのことであろう。もちろん分析的、客観的認識が間違っているなどと言うつもりはさらさらない。しかし分析的観察がなじまない領域の存在するのは今日多くの賛同を得られる考えである。それは神秘主義でもないし、まして恩寵や至福のヴィジョンを期待するキリスト教的なそれでもないであろう。にもかかわらず、上に述べた分析よりも受容の姿勢は神秘主義的傾向に含まれるものであるのは間違いない。

　さて谷崎潤一郎の『陰翳礼讃』を読まれた方は多いであろうが、これは正に光線についての（いや光というべきか）日本人的な知覚の典型である。この書物は以前に気づかれなかったあるいは忘れられていたことをあらためて自覚させる試みである。それはあいまいさや韜晦趣味を称えるものでは決してない。しかしそれでもこの主題は光と影の単なる分析や化学的測

定には不向きなものであることを主張している。その気になればこの一級の教養人の著者が客観的分析を言葉化することにさしたる困難を感じることはなかったであろう。

> われわれの先祖は、明るい大地の上下四方を仕切ってまず陰翳の世界を作り、その闇の奥に女人を籠らせて、それをこの世で一番色の白い人間と思い込んでいたのであろう。肌の白さが最高の女性美に缺くべからざる条件であるなら、われわれとしてはそうするより仕方がないのだし、それで差支えない訳である。白人の髪が明色であるのにわれわれの髪が暗色であるのは、自然がわれわれに闇の理方を教えているのだが、古人は無意識のうちに、その理法に従って黄色い顔を白く浮き立たせた[5]。……
>
> 谷崎潤一郎『陰翳礼讃』（中公新書）p.53

ここで谷崎はにぶい白さが黒い要素と対比されることでより白さを増すことを語っている。対比によってあるものを強調すること自体は新しくも無いし日本人に特有のものでもない。早いはなしが破局の直前にアンチクライマックスとして道化を登場させ悲劇感を強めるのは馴染みであるし、深刻な能の前に狂言を挟んで一息入れるのも同じねらいであろう。しかし谷崎の例がはっきり示しているのは日本人が二つの中間の世界を好むということ、定義されない影の領域にむしろ安心を見出す傾向のあることである。これは支配的な近代西欧の価値基準では否定的なものに肯定的な要素を見出すことであろう。

第三の要素である牧歌的抒情は今日一番危機に瀕しているものである。二次大戦の終わり、いや1960年代の高度成長期までは日本社会は農村共同体的性格を比較的留めていたと思われる。しかし工業化を強調し農村切り捨て政策の導入そして進行とともに多くの離農者と廃村を生み出した。この一般的な流れの中で田園生活の愛好は忘れられ、大都市の矛盾の集積は

9．幸・不幸の感覚は消し去ってはならない

激化した。

　私見ではあるが、農村や漁村の慣習は非常に普遍的な要素を残しているので伝統的なパターンの生活様式のあるところでは他の地域のそれの類推は容易であると思われる。その伝統的な生活のパターンにあっては人の生死も四季や昼夜の移行のリズムと一体化しているように思われる。例えばシングの『海に駆り行く人達』にみる海難の悲劇、オフラハティの『春の種芋植え』にみる新婚夫婦の収穫への期待と不安、ジョージ・モアの『望郷』の移民の抱く忘れ難い郷愁などは悲しみや喜びを半ば祖型的に提示するので早くから日本人に人気のあった作品である。そこでは悲劇の予感が突然現実となるとか、厳しい生活の中でも年ごとに訪れるささやかな喜びの発見があるとか、遠く離れても断ち難い人と人の絆が繰り返し意識に立ち現れるとか、それらは洋の東西を問わず一挙に人の心を納得させる経験である。しかしわたしたちが高度成長によって経験したような急速で突然の大変動は生活の慣行のみならず、感性や知覚の慣行をも破壊したのではあるまいか。

　これは典型という興味ある問題を提起している。Dr. Johnson はシェイクスピアの人物はこの世から直接採られているにもかかわらず、その人物の置かれた地方的、個別的限界を突き破って普遍的な型、つまり典型に達していることを述べている。しかし典型の創出は類型を前提とする。多くの類型の人々が典型を見てそうだこれが私だという実感を共有する共同体意識、そのような伝統の連続性がなければ典型は生じない。したがって先ず類型を準備しない社会では典型はありえないということで、それはまた今日の小説で主人公 (hero) 不在あるいはその消滅が説かれるのと軌を一にしている。

　さて、人々が世代間ギャップや核家族を口にしだしてから既に久しいが、国中で機械化、合理化が進んだ結果、伝統的な産業に従事する人口は減り、多くの若者は望むと望まざるに関わりなく、都市に機会を求め高収入・高消費の生活の便利さに憧れた。これらの変化は生活の全局面に功利主義的

な観念の浸透をもたらした。この合理化や功利主義（能率主義の方がふさわしいかもしれない）の最大の害悪はそれらが価値基準としてあまりに吸引性と影響力が強いので他の全ての価値を排除してしまうことである。それは科学の実証性の強さが実証できない（少なくともその時点ではまだ）ものを科学的ではないと否定する偏見や錯覚を生んだのと同じであろう。日本人の受けた悪名「エコノミック・アニマル」は正にこの文脈では正しいと言わざるを得ない。しかし少しでも歴史に詳しい人は同じ批判や悪罵が一世代前のアメリカ人についてのものであったことを思い出すであろう。

　例えば H. J. Laski: *The American Democracy* の最終章に次のような記述がある。

　　（ヨーロッパ人の傾向はアメリカ人の人生に対処する気楽な拡張性、変化への熱意、「旧世界」が必要と考える伝統を進んで退ける意志、集中力の強さ、途中の手段より到達の結果を重視する確信に反撥する。又ヨーロッパ人はアメリカ人の速度への情熱、ヨーロッパでは既に力を失ったのは明らかな確信つまり明日は今日よりもよくなる機会が大きいという確信を嫌う）[6]。

　この引用のラスキのアメリカ批評は肯定・否定どちら向きかやや分かりにくいかもしれない。しかし道中よりも到着を重視するというのは何よりも成功を正当化する功利主義の本質を言い当てている。日本はこうしたアメリカニズム、つまりは近代化の別名の道を突っ走っている。今まで述べてきたのはわたしたちの高度成長とその消長は近代化の物語りの今一つの変種に過ぎないということである。先に述べたアイルランド文学と共有していた同質性は以上のような社会の変質によって大きな危機にさらされているのは間違いない。

　わたしは「アイルランド／ケルト文化概論」の導入として Frank Delaney: *The Celts*[7] に基づいた BBC のヴィデオを教室で使うことがある。世

9．幸・不幸の感覚は消し去ってはならない

界中の傾向と同じく、日本人学生も文字的なものより視覚的なものに、より素早く反応し、より大きな興味を示す。そればかりか視覚とともに与えられる観念の方が彼らの集中力を高め、より持続的にする。このヴィデオが強調するのはかって一度は支配的であったが今は消滅の危機に瀕している民族の運命である。この種の悲劇が一般的により大きな同情を呼び易いのは当然としても、この人気はそのせいであるとは限らない。その理由の大きなものは今日の世界史的な傾向にあると思われる。今挙げた文字より映像の興味はケルト文化の非文字の伝統と直ちに結び付けられる。さらに経済的には中央集権制が高まっているにもかかわらず、文化的には人々の関心は中央よりも地方的、周縁的なものに向けられている。それはまた多数ではなく少数者の権利擁護がより民主的な課題であることを気づき始めた時代の特徴でもある。最後ではあるが重要性では劣らないものに、ギリシャ／ローマ、ルネサンス、西欧近代の理性による分析的実証的認識の矛盾と限界に気づいた精神が、別の原理を模索し、その手掛かりをケルト・アイルランドに見ていることとも関係するであろう。

BBCヴィデオでは再三にわたって語り手はケルト文化の連続的性質について話している。ケルトの人々は「放浪」することに慣れていて、未知の土地に出掛けることを恐れなかった。聞くところによると彼らは死後の世界は別の土地における現世の連続に過ぎないという観念に慣れ親しんでいた。彼らは音がより大きな沈黙の海に囲まれているのと同じように、既知の世界の向こうにはより大きな未知の領域が広がっているのを知っていた。この未知の領域は地理的な意味だけでなく、異次元的にも、極大・極小の問題でも既知部分を大きく取り巻いていることは既にご承知のとおりである。また近代人とは違い、ケルトの人々にとっては書くことが書けないものを書き尽くせぬと同じく、可視部分は不可視部分のほんの微小な一部分に過ぎなかった。さらに日常の活動は半ば遊びと半ば労働に費やされた。労働自体が遊びの中に見る喜びに繋がっていたという。したがって彼

らの工芸品には実用と遊び心の飾りが共存していた。要するに彼らの精神では実用性と非実用性、装飾あるいは付属的なものと本体の区別はあまり明確ではなかったようである。彼らの芸術の最も目だった特徴の曲線、つる草、蔦飾り、渦巻き紋様などは繰り返しと変様、規則性とデフォルメの最高の組み合わせで、「リアリズムと幻想のあらゆる段階」[8]を示していた。それはアラベスク的抽象を表すとともに「自然界に直線はない」という真理の表現でもある。従って我々の精神で分裂を生じさせるものは彼らにあっては連続、統合、全体性となった。

　さて、わたしのクラスで学期末にケルト人もしくはケルト文化について最も印象的であったことをレポートしてもらったことが幾度かあった。その最大ではないがかなりの数はケルト妖精や神話の英雄に興味をもった。これはアイルランド神話の翻訳の多さ、彩り鮮やかな物語を考えれば、また幼時からそれらに彼らがさらされてきた可能性を考えればすぐに納得の行くことである。しかし妖精というものは信じ愛してくれる人と共にしか生きられずそのような人がいなくなるとすぐによそに移住すると言われている。そのことは民話にある呪いや魔法がそれを信じる社会でのみ大きな効力を発揮できるというのと同じである。とすれば一方で科学的実証主義に絶大な信頼を置く今日の傾向の中で、たまたま妖精に興味をもったとしてもそれがどこまで本気であるのかどこまで持続性があるのか単純には楽天的になれないであろう。

　これに対し学生諸君の最多数（70％以上）が先に述べたケルト文化やケルト芸術の連続性について書いた。それはヴィデオの解説者や、わたしが幾度もその特性を繰り返したせいもあるが、もう一つには視覚的にも観念としても分かりやすい点であることにもよる。分かりやすいということはそれだけ強烈な印象性を有していることを意味する。それだけでなく既に述べた近代人の精神の欠点である部分的断片的な認識を是正する方向を示唆していることにもよるであろう。ただわたしが最も驚いたことには彼らがこの特性を非常に新鮮で珍しいものとして受け取ったことである。この

9．幸・不幸の感覚は消し去ってはならない

　理由の一つは大学入試で世界史を学ぶものが少ないこと、世界史自体が東洋史と西洋史に分かれ、西洋史は相変わらずグレコ・ローマン中心でケルトはほんのお添えもの的な扱いしか受けていないせいでもある。

　さてもうわたしの話の行方を鋭敏な聴衆の皆さんは察知されたかもしれない。最初にいささか長々とアイルランド文学受容の歴史でわたしたちの中にあった同質性がこの異国の文化を比較的速やかに賞味させたことを語ったのは、この国の最近の変化の大きさを再認識するためである。先に挙げた三つの要素、象徴性、神秘性、牧歌的叙情はいずれもこの連続性の問題とかかわっている。最初の二つは主観・客観や、実証・非実証といった分断の間を埋める傾向であるし、牧歌的叙情は工業化による能率主義と対立する。この最後の工業化、近代化、都市化の理念の最たるものは「分業」による合理化であることを思えば、わたしの言わんとするところは理解いただけよう。

　わたしの言いたいのは先の学生たちが新鮮で珍しいと感じたことにたいし、いささか古い世代ではそれらはむしろ自然なこととして受け入れられていたのではないかということである。つまり、キーツの詩にある

　　Heard merodies are sweet, but those unheard
　　Are sweeter　　　　　　(Ode on a Grecian Urn)

　　聞こえる音楽は甘美であるが、聞こえないものの方が
　　　もっと甘美である。

のように、日本人はかっては不可視のもの、非文字的なもの、言語化されていないものをもっと鋭敏に、というよりそれらの存在を当然のように受容していたのではあるまいか。我々が育てられた伝統ではそうした反リアリズム的なもの、即物的でないものを東洋的、日本的と教えられてきた。

155

例えば日本庭園の借景のように一度は限られた空間と外の世界を結ぶことで先の限定は一時的、便宜的なものに過ぎなかったことを暗示するように。ところが西欧的合理主義のより徹底した教育を受けた今日の若者の目にはそうした伝統が伝統ではなく新しい発見と映るのであろう。その意味でケルト文化はローマ帝国崩壊後の混乱した西欧中世でキリスト教文化の貯水池としての役割を果たしたのと同様、この異国でも再び反主流的文化（いや古来の文化）の発見の契機となるのではなかろうか。

　トマス・カヒル[9]は中世にアイルランドの果たした役割を学問と修道院生活の伝統、つまり文明と礼節（civilization and hospitality）の提供者と規定している。彼によるとアイルランドのケルトは受け継いだギリシャ、ラテン、ヘブライの諸語から合成した書字法を発明したが、それは地方語で書くことを促したという。アイルランドの修道士は何時でもどこへでも機会に恵まれれば白い殉教（white martyrdom）を求めて出掛けたが、そのとき彼らはいつも福音書と写字法や書物の装丁の知識と技術を携えて行った。彼らはローマの没落後のゲルマン族によってもたらされた無秩序という文明の空白を埋めた。彼らの主義主張は拒絶ではなく受容であり、排除ではなく包含のそれであった。したがって今日のケルトへの関心もカハルの指摘する文明救済の一つの可能性の無意識の探求かもしれない。

　議論を終えるに当たってもう一言付け加えたいのは現代日本の最近（つまり1997年初頭）のエピソードである。どちらも新聞で大きく報じられわたしに一種のカルチャー・ショックを与えたものである。（もっと、話をより今日的にするエピソードに事欠かないのは言うまでもない。）

　一つはテレヴィの漫画が七百人以上に被害（視覚性癲癇症 optically stimulated epilepsy）を与えた事件[10]。これはそれより数年前にNHKが数人から苦情を受けて原因を調査したというのであるが、一般大衆には寝耳に水であった。NHKの事件も今回の事例があって初めて明らかにされたのであるが、イギリスでは報道における技術革新の被害を制限するガイドラインが既に作られていたという。薬害では、他国で適用を中止されているに

9．幸・不幸の感覚は消し去ってはならない

もかかわらず日本政府の対応の遅れが被害を広めたそのような例は多い。ここでも功利主義的原理が働いて技術開発には極端な熱意を示すが、それのもたらす被害にはあまりにも遅い対策という結果を招いている。こうした危険に傷つき易い体質、利潤追求の物質主義に毒されている文化は既にお馴染みであろう。

　もう一つの例は校内暴力についての政府統計である。英字新聞の見出しは次のようなものがある。

　　Student violence cases top record 10,000 level.（校内暴力一万越す新記録）
　　School violence hits record high in FY '96.　　（校内暴力年間最高）[11]

　アメリカと違い、やくざを除けば日本はまだ銃による犯罪汚染は少ないと言えるが、犯罪の増加、凶暴性の高まり、犯人の低年齢化と女性の増加、これらが日本の犯罪傾向として指摘されて久しい。しかしここでこれを引用したのは数の増加の故よりも、行為の動物性の故である。いじめは昔にもあったが、そこにはなにがしかの理由が認められた。ユスリ・タカリで金を取るとか、自分の不安や悩みを弱者に転化して快感を覚えるとか。これに比べて最近の暴力の不気味さは理由を特定できないことである。突然衝動的に教師を襲い、学校の器物を破壊する。理由はもちろんあるのであろうが、自分の精神を分析し言葉化する準備がないように見える。こうした人間的能力の欠如は未来に向けてどのように努力を積み上げるかの方法も方向も見えない。学生諸君にケルトが新しく見えたのはもしこうした未来を見通そうとする想像力の衰弱を意味するとしたら事は重大である。

　この動機の見えない犯罪の不気味さは既にシェイクスピアが描いている。イアーゴウはまさに悪そのものを表していると言われるが、その理由はエミリアとオセロウの仲を疑ったという動機だけではあの陰険さと執念の説明にならないからである。動機と行為をつなぐ糸を言葉化する難しさはしたがって必ずしも今日だけの現象ではないかもしれない。しかしそこにあ

157

るこうした能力の減退は新しい野蛮に向けての人間的退化の印と言えるかもしれない。

　半世紀も前であるが W. H. Auden は

The sense of danger must not disappear　　(Leap before you look)
危険の感覚を失せさせてはならない。

と歌ったがわたしは the sense of happiness must not disappear と言いたい。ご承知のようにオーデン・グループの詩人たちは社会の危機に文学で対処したのであるが、その危機を自覚することと次にはそれに対するささやかな処方箋を準備した。危険の自覚とそれを回避する行動はつながっているからである。このように危険の感覚と幸福の感覚を結び付けるのはそう見当外れでも恣意的でもない。というのはオーデン自身がある自伝的エッセイの中で、幸せというものは良い教師に不可欠な特質であることを語っているからである。

　　「正統」不在のときには（又そういう時代は今しばらく耐えねばならないであろうが）教育はほとんど専らに教師の質に依存せざるを得ない。教師が生徒に本当に価値あるためには教師は成熟した何よりもまず幸せな人で、若い人に彼らの人生よりも大人の人生の方が限りなく興奮を与える面白いものだという実感を与えなければならない。教師は生徒に必要なときにはもてる限りの愛情と想像的理解を与える覚悟がなければならない。それにもかかわらず生徒が卒業した瞬間には彼らのことを忘れ個人としては彼等に無関心になる覚悟がなければならない。(The Liberal Fascist)[12]

　もし人生の門出に立つ若者が人生に人一倍不満を持ち生まれたことを恨みに思う人物に教育されればその破壊的結果は十分想像のつくものであろう。もちろんこの不愉快さに満ちた世界にあってまずまずの幸せを知り、少なくとも恨みをもたぬ程度に人生に中立であり得る人を見つけるのも簡

9．幸・不幸の感覚は消し去ってはならない

単であるとは思わないし、そんな人物が完成した形で見つかるとも思えない。にもかかわらずそれに近づく努力は誰にも可能である。先に挙げたケルトの特性はグレコ・ローマンから近代西欧に流れる合理主義の中の鬼子とも言うべき功利万能主義に対する免疫のそれである。とすればそのようなものの持つ魅力を知りそれに感応することは、それだけでも人生の不幸にたいする恨みの多少の解毒剤にはなる。ケルト＝アイルランド文化そして文学が今日の支配的な文化とは違ったひな型を提示しているのは一つの救いであり、同時にまたオーデンの言うように大人の人生の方がより豊かで実りある将来を含むものだと若者に語る材料がそこにはある。

注
1) 小山内薫と二世市川左団次の「自由劇場」(1907) がシングやグレゴリを手掛けたが、「築地小劇場」(1924) はすでにアイルランド・ルネサンスからの興味の移行・拡大を示している。
2) 新劇『現代日本文学大事典』(明治書院)は言文一致の運動を慶応2年(1866)から昭和21年 (1946) まで7期に分けているが、今わたしが問題にしているのはその第5期明治33年 (1900)-42年 (1909) の「確立期」に当たる。
3) さらに詳しくは佐野 他訳『イェイツ戯曲集』(山口書店) 付表
  市川　勇『アイルランドの文学』(成美堂) IV章参照
  鈴木　弘「W.B. イェイツと日本－文化交流」(其の1)
    早稲田大学政治経済学部「教養諸学」104 (1998年3月)
      (其の2)「教養諸学」106 (1999年3月)
4) *A Hundred Verses from Old Japan* translated by William N. Porter (the Charles E. Tuttle 1979)
5) Our ancestors cut off the brightness on the land from above and created a world of shadows, and far in the depths of it they placed woman, marking her the whitest of beings. If whiteness was to be indispensable to supreme beauty, then for us there was no other way, nor do I find this objectionable. The white races are fair-haired, but our hair is dark; so nature taught us the laws of darkness, which we instinctively used to turn a yellow skin white.

　　　　　　　　　Tanizaki Jun'itirou: *In'ei Raisan* (In Praise of Shadow) p.33
　　　　　　　　　　　translated by Thomas Harper & Edward Seidensticker
　　　　　　　　　　　　　　　　　　　(Charles & Tuttle 1977)
6) The tendency of the European is to resent the easy expansiveness with which the American confronts life, his zest for change, his willingness to put on one side traditions the Old World finds compelling, the intensity of his power to concentrate, his conviction that the fact of arrival is more important than the method of the journey. He dislikes, too, the American passion for speed, the conviction, so evidently losing ground in Europe, that the chances are enormous that tomorrow will be better than today.

　　　H. J. Laski: *The American Democracy* (George Allen & Unwin 1949)

chap.XIV Americanism as a principle of civilization
7) Frank Delaney: *The Celts* (Hodder & Stoughton 1986)
8) Nora Chadwick: *The Celts* (Penguin new ed. 1997) p.229
passim in chap.8 'Celtic Art'
9) Thomas Cahill: *How the Irish Saved Civilization* (Nan A. Talese 1995)
森夏樹 訳『聖者と学僧の島』(青土社 1997)
10) cf. Dec. 19, 1997
Asahi Evening News: TV Tokyo to set cartoon guidelines
Mainichi Daily: Survey: Screen size was factor in cartoon-related ailments
The Japan Times: 'Pokemon' cartoon to skip week
11) cf. Dec. 23, 1997
The Japan Times: Student violence cases top record 10,000 level
The Daily Yomiuri: School violence hits record high in FY '96
12) Edward Mendelson ed.: The English Auden (Faber 1977) p.326

これはオーストラリアのシドニーのニュー・サウス・ウエールズ大学での国際アイルランド文学協会、1997年1月に発表したものを和文にして加筆訂正して、甲南大学英文学会で講演したものである。

10. アメリカ文化論覚え書ノート
―― アメリカニズム、アメリカ化をめぐって ――

　アメリカを論ずる場合の難しさはまずその情報量の多さにある。人はどこから手をつければよいのか戸惑いをかくしきれない。一番簡単なのは体験的事実を語ることである。それはそれで事実のもつ迫力が読者を引き付ける。とはいえこの広大な国の地域差はあるところでの真実を別のところでは全くあてはまらなくする。
　次に比較的手をつけやすいのは対象を限定することである。地域・時代・分野を区切りそのなかでもまた小項目にわけるやりかたである。これは目配りがやりやすいので、そう大きな思い違いや見当外れを起こす不安はない。ただ細分化したものが全体の中にどのように収まっているか改めて問いなおす必要はある。
　さて大量のアメリカの情報に頻発するいわゆるキー・ワードがある。これとても時代的流行と無縁ではありえない。開拓者時代の frontier spirit、Plantation、Puritanism、その後の多少ともナショナリズムのニュアンスのこもった American Dream、American Revolution、American Renaissance、更には生産と流通にかかわる consumerism、mass-production、mass-communication、mass-culture、そして人種問題がらみの ethnic group、minority、WASP、Civil Rights、reservation etc. の言葉である。Americanization は中でも生産と消費の分野と大衆文化の問題に傾斜しつつ、文化の近代化、平均化、大衆化を地球規模で語る便利な言葉である。
　Americanization とよく似ているものに Americanism がある。前者は比較的狭い意味に限定されるが、後者はもう少し複雑である。N.E.D. とその新 Supplement からこの定義の歴史を見ておきたい。単語や語句のイ

ギリスと異なった用例の言語現象としてのアメリカニズムを別にすれば「アメリカびいき」「アメリカかぶれ」という肯定的、否定的二様の使いかたがある。早い例としては T. Jefferson のもので1808年 'I know your Americanism too well.'、1797年 'The dictates of reason and pure Americanism' が上げられている。そして多少ともアメリカの風俗、習慣、政治制度などに共感した使い方には次のようなものがある。

1853 Mary Howitt 'What constitutes noble republicanism and Americanism'
1861 H. Kingsley 'The leaven of Americanism and European radicalism'

批判的なものとしては以下のものがある。

1870 Emerson Soc. & Sol. 'I hate this shallow Americanism which hopes to get rich by credit.'
1926 D. H. Lawrence Plumed Serp. 'Americanism is the worst of the two, because Bolshevism only smashes your house or your business or your skull, but Americanism smashes your soul.'
1966 Listener 3 Nov. 'There is already a generation of Englishmen who think of tinned beer as a normal part of life, and not any longer as a hideous Americanism.'

エマーソンの例はともかく、批判的なのはイギリス人の側からのものであるのは頷ける。もう一つ、ロレンスやリスナー誌のように1920年代以降のものが批判の度合いを一オクターヴ高めているのはアメリカニズムの世界支配の危機をより感じているからであろう[1]。
　最初に除外した語法上のアメリカニズムについて二三例をあげておこう。

1826 Miss Mitford *Our Village* 'Society has been progressing (if I may borrow that expressive Americanism) at a very rapid rate.'

1955 Times 6 June 'I suspect that 'Mr Mayor' is an Americanism and as applied to females it is obviously incorrect.'

1936年の Mencken: *American Language* (ed.4) からの引用もあげるべきかとおもうがそこではアメリカ革命の準備から世紀の変わり目の期間は植民地時代から西部開拓の時期に比べて new Americanisms の調合と創始の時代でその多くが国語に入ってきたという。これは言語に先行する活動や現象の有ったことを物語っているのであって、アメリカニズムは必ずしも狭い言語上の問題とは言えない。先のミトフォードの例も progress という言葉がアメリカニズムとしてもそこにあるのはそのような歴史変化を「進歩」と呼ぶ精神への批判的ニュアンスを含む。1955年のロンドンタイムスに至っては間違いをネタに皮肉を楽しんでいる。もっとも今日のアメリカニズムは Mr Mayor ではなくて、Mayor person とでも言うのであろうか。

これらに比べれば Americanization (Americanize, Americanized) のほうは上の定義の否定的な面が強い。

1860 Times 12 Apr. 'This Americanization is represented to us as the greatest calamities.'

1858 (27 Oct.) Bright Sp. "They say we must not on any account 'Americanize' our institutions."

それにたいしてアメリカ側からは

1797 J. Jay (27 Oct 1893) 'I wish to see our people more Americanized, if I may use that expression; until we feel and act as an

independent nation.'
1803 W. O. Pughe 'Him they found perfectly Americanized: before any answer was sent he must first know who would pay him for his trouble.'
1824 Blackw. Mag. XVI 595 "His wish is to see Greece 'not Anglicized, but Americanized'."
1898 Library Jrnl. June 'The library should be wholly American, and its influence tend wholly toward Americanizing the foreign-born.'

　いささか引用が長引いたがアメリカニズム、アメリカ化という言葉はその出生のときから民族的対立の要素を孕んでいたことは明らかになったであろう。そしてこの言葉の行方を追いかけるだけでもアメリカ文化の本質的部分に触れうるのが分かる。
　歴史的に見てそれは産業化、工業化であり、一次産業から加工と輸送による付加価値の産業への移行過程に外ならない。近代化とは上の過程を全面的に効率的に（経済的と時間的の両面を含むが）推進させることである。そしてこの過程自体が先のアメリカの版図の広大さゆえに必然的に不均等発展という多様性を抱え込むことになる。
　イデオロギーとして見れば、それは植民・建国の理念であった清教徒主義の普及と貫徹にあった。セーレムの魔女狩りの教えるように清教徒主義は新教一般よりも遥かに狭い厳しい教えであり、異端を極度に嫌い旧教と同じく統一指向である。それにはウェーバーの言うように禁欲と勤勉を旨とした効率主義と清教徒主義の範囲内での平等主義、民主主義が絡んでいる。
　また政治的に見ればアメリカニズムとはアメリカ型の民主主義、WASPの利害を最優先していた代議制を基礎にしてできた、連邦制度、二院制度、大統領制と言える。ある意味でそれはとどまるところを知らない発展途上の民主主義と言えるかもしれない。しかし忘れてならないのは

WASP という言葉が一種の批判と反省のニュアンスを込めてつかわれてはいても、最大の利害がその層に行く仕組みは一度も変わらないということである。

　次に経済的に見ればそれは大量生産、大量消費、工業化、機械生産、消費社会など、「消費者は神様」というスローガンのもとに大量の余剰生産物とその利益を蓄積している社会である。

　社会的にはなによりも multi-racial で、多数と小数、中央集権と地方分権、合意と批判といった対立をどう調和させるかの課題を負った社会である。この調和の過程を巡って、融合か混在かの問題も発生する。すなわち melting-pot か salad bowl (mosaic) かの問題が。さらにこの関連でわすれてならないのは移民の問題である。移民問題こそは上に挙げた問題をある意味で集約的に抱えている。いわく minority、意識としての二重国籍、言語と国家意識の形成、民族的地域社会の問題などである。

　アメリカニズムにたいする地域もしくは地方という共同体（人間・自然・文化の総合体）がらみの問題のたてかたにたいしてより自然環境に左右された地理学的分類もわすれてならない。文字どおり location の問題として、the East、West、Mid-west、Northeast、South、Deep South などが考えられる。とはいえこれらとて、純粋に人間に中立的な自然の位置を意味しているのではない。North-east と聞けば New England の白人先行文化を意識しない人はあるまい。同じく Deep South とは単にオハイオやミシシッピの流域の諸州を意味するだけでなく、plantation 文化の伝統、人種差別の拠点、Solid South の言葉に代表される強固な民主党の地盤などを含めた内容となっている。

　もうひとつその土地固有の産物や自然変化に基礎を置いた分類もある。the Sunbelt、Snowbelt、Corn (Cotton) belt、Bible belt などである。belt、strip に比べ zone はより square な印象をあたえるかもしれないが、それらはほぼ同義的に使われている。そして興味あるのは a forest belt、a coastal industrial zone、a (residential, school, commercial) zone (area)

などの一般的名称からsun、snowなどが独立してアメリカの固有の地方を現すようになったことである。sunやsnowがアメリカ固有の現象ではない。しかしアメリカではそれはことあるごとに他と自らを区別しそれによって自己の特性を売り出そうとする性向を示している。つまりこの区別とは一地方の中立的な呼び名ではなくアメリカの地域主義的自己主張（時に排他的な）の傾向がむしろ顕著になった例と見るほうが正当であろう。

いずれにせよ土地とは事ほどさように人間との関わりのつくりあげた伝統や習慣と無関係にはありえないのである。

最後に以上を総体的にとらえる文化的な意味のアメリカニズムの問題がある。これは一言で言えばmass-cultureの問題である。ジャンルとしてまず考えられるのは映画でありスポーツである。それらはいわゆるpopular heroesを生み出す。そこでは大衆は受け身で自分達に代わって活躍する超人を期待し代償作用により夢の実現をを求める。ベーブ・ルース、ウィリアム・デンプシー、ジョン・ウェイン、マリリン・モンローとリストは延々と続く。それらの媒体と英雄たちはcommercialismと advertisementによってjournalismと密接に結び付く。つまりmass-cultureは文化の面でも商品化が総てに優先する現象を招いたのであり、そこでは質の問題が量によって決定されるのである。best sellersとかenqueteはその最も顕著な例である。

先に我々はアメリカニズム＝近代化の図式を見てきた。歴史的、イデオロギー的、政治的、経済的、社会的、地理的、そして文化的と、そのどれをとっても色濃く現れているのは、経済的成功への熱意、それも可能な限り効率良く、多数の人がその恩恵によくする制度の探求であったと言える。その世俗的幸福の追求はアメリカニズムと呼ばれつつも「資本が国境をこえる」のと同じように、アメリカという版図を超え、世界史の普遍的な流れと成った。中国の「四つの近代化」のスローガンはこの最も実利的側面を抽出したものと言えよう。これは1975年第四期全国人民代表者会議で周

恩来が農・工・軍（国防）・化学技術の近代化を主張した。その翌年毛沢東が死亡、四人組逮捕、反毛派の政治・思想工作重視と続くなかで、'78年三中全会で鄧小平が「四つの現代化」として再度提起し'82年中国共産党12回大会で憲法化されたものである。この四つの近代化とはそれぞれの技術・装備・制度・の機械化、工業化、大量生産化、合理化、新鋭化であろう。そしてそれらを結果させるためにはその方向での教育、生活、意識の再編を不可欠にする。しかもその変化は一部の突出部分だけでは不十分でここでも大量の変化を要請される。

　しかし20世紀も世紀末を迎えるとこの直線的な発展史に疑問が呈されてくる。例えばKefi Buenor Hadjor: *The Penguin Dictionary of Third World Terms* (1992) の modernization の項を見よう。そこでは勿論マックス・ウェーヴァーやエミール・デュルケイムの近代化論を紹介しながら、David Lerner: The Passing of Traditional Society（NY 1965）や Everett Hagen の説を取り入れる。つまりラーナーは modernity を a state of mind だとし、ハーゲンは creativity and problem-solving ability を要求するものという。これは先に見た世俗的、物質的な現象に先行する精神の在りようを重視した考えである。そればかりではない。先に見た機械、生産、制度といった抽象にたいし人間の個人的能力の側面を回復しようとする考えでもある。

　いまの modernization の定義の一部に次のようなところがある。「日本やアメリカで作られる車のタイヤのためにマレーシアでゴムを生産する中国人の農園労働者はニューヨークの新車の持ち主とは別世界に住んでいるようにみえる。しかしこれらの別世界は相互に関連づけられ歴史の変化の同じ過程の完全に一部になり切っている、しかしその変化は地球上の違った場所に非常に違った結果として現れる」。つまりこの人々は知識や技術にそれぞれ差異はあるが同じ時代に生きている者として別世界の人間と共有する部分が多いことを暗示しているのである。記述は直接には第三世界の人々にかかわるのであるが、語られていることは近代化＝西欧化（アメ

10. アメリカ文化論覚え書きノート

リカ化）の図式の再考である。

にもかかわらず、アメリカが提供する文化現象はよきにつけあしきにつけ、世界が歩み続けている一つの典型的な傾向であることには変わりはない。それを知ることは今の反省の上にたった、より人間的な近代化の可能性を探る上でも有効である。

さて大量生産の基礎になった分業と規格化はまた仕事量、仕事時間、賃金の均等化を齎した。これは以前の仕事内容の個人の特殊性を消し、熟練よりも持続、技量よりも活力と精力を要求するようになった。その質より量への転換は文化面にも及ぶようになった。いわゆる mass culture とは大衆向け文化（教養）であると同じに大衆が教養化、文化化への変身をとげることでもある。それとともに、文化や教養が一部エリートの占有であることを止め、より広く解放されるようになったことを意味する。とはいってもそれで文化や教養が同一物の鑑賞や享受の仕方の単なる濃淡・強弱・広狭・深浅の差にすぎなくなったわけではない。そこには相変わらず、大衆だけのもの、限られた人だけのものが併存している。ただそのどちらもがより多くの人の選択を可能にしていることは否定できない。

この大衆文化の前提には教育の大衆化・機会均等があり、封建的イデオロギーの家柄・血筋よりも個人的実力の評価といった変化が有ったのは当然である。そしてそうした自由がアメリカという過去の束縛のない新風土から発生しやすかったのも頷ける。

大量生産は勿論大量消費を前提としている。これはまた、売れる（商品価値）ことを理想とした文化であり、そこでは「成功」も量的に測量可能な指標を求める。1920年代の自動車、1930年代の映画はどちらも大衆文化の代表である。その商品の販売にどれだけ大衆を動員できるかが成功の鍵になる。したがって売ることの技術の改良は必然であり、セールスマンの発生や広告業の進展は当然である。商品の価値も見えないものより見えるものへ、知的なものより肉体的なものへ、移行しやすい。

先に述べたように大衆は代償作用としての英雄を求めるがその特性は以

上の経過に照らしても明らかであろう。野球、ボクシング、映画などは一世を風びした分野であるが、その英雄たちは大衆に理解しやすい能力と特質の持ち主である。彼らは体力、美貌、技術などの論議無用の個人的能力が商品化された典型と言える。この成功の夢の大衆化はまたいわゆるhow to ものの流行とも結び付いている。総ての能力は方法論の開拓によって一定程度習得できるという幻想を売っているのである[2]。

以下では幾つかのアメリカ的大衆文化の実例に触れよう。

まず第一は質の問題を量として処理する例である。アーノルドが『教養と無秩序』の中で分けた「野蛮人」「俗物」「大衆」の最後のものと今日のmass-culture の無限定で数の集積にすぎない mass の違いはいつからだろうか。同じ mass という言葉をつかいながら百年ほどのあいだに一つの変化が生じたのは間違いない。そしてこの変化と「ベストセラー」が話題になったのとはどこかでつながっていそうである。もっともベストセラーはどれをそう呼ぶのか必ずしも厳密な定義があるわけではなさそうである。『アメリカン・ベストセラー小説38』(丸善 1992)のはしがきで編者の亀井俊介氏は次のような問題を述べている。 a) 問題を単純にすれば出版後短期間に「途方もない」売れ行きを示したもの、 b) ロングランは除く、 c) アメリカでは1895年から新聞や雑誌にベストセラーのリストが掲載されるようになった。従ってこれらに外れるものを考慮することは問題を複雑にするというわけである。たとえば1895年以前は推測によるとか、連続してトップの座を占めたものは除くとか、『聖書』のような古典の販売は別にするとかである。いずれにしてもここで問題なのはトップか否かの厳密性ではなく途方もなく売れたというもののサンプルである。例えば20世紀後半だけを例にとっても、アーサー ヘイリー、ジェームズ ミッチナー、スチーヴン キング、トム クランシーなどが上げられる[3]。彼らは幾度も登場するが、それは勿論異なった作品のせいである。しかし、単に作品によるのみならず名が繰り返されるその話題性によって一種の大衆英雄的地位を獲得する。これは作品味読の能力による判定とは別の原理の価値の主

張である。

　この量による価値の主張はアンケートの場合も同じである。さすがにこの手法において先端をゆくアメリカだけあって、読者の関心をひく設問には大きな工夫が見られる。次の例はアメリカのカトリック神父の意識調査である。それは総てに最大限の自由を謳歌しているアメリカ社会の中で意識的に不自由を選んだ人々がどう考えているのかを知る良い機会である。ただこの場合も教会とて回りの世俗社会と無関係ではありえないのであって、アメリカのカトリックは世界で一番解放されていると言われるのも、回りの社会の開放性と無関係ではないということを物語っている[4]。

　①神父も結婚が許されるべきか
　　　神父　○55％　×35
　　　信者　○59　　×34
　②女性の司祭（神父）も叙任すべきか
　　　神父　○43　　×43
　　　信者　○56　　×39
　③カトリック教徒の離婚とその後の再婚を認め
　　るべきか
　　　神父　○28　　×43
　　　信者　○66　　×27
　④人工的な避妊手段の可否
　　　神父　○24
　　　信者　○66
　⑤堕胎
　　(a)政府は教会と同じ立場に立つべきだ
　　　　神父　○85
　　　　信者　○38

(b) 禁止法の成立にカトリック公務員は努力す
　べきだ
　神父　〇75
　信者　〇27
(c) 教会は母体を救うのでも、強姦・近親相姦
　でも全て不可としている。
　・全く可能
　　神父　　3
　　信者　　29
　・母体を救う、強姦、近親相姦の場合のみ可
　　神父　　31
　　信者　　48
　・不可
　　神父　　62
　　信者　　19
(d) 堕胎は「罪」としても、「善い信者」とい
　えるか。
　神父　　57
　信者　　84

　次の例もまた個性がタイプに、具体が抽象に変えられる場合である。レズリー　アラン　ダンクリアはこともあろうに人間の顔に名前のタイプをあてはめる。顔は十人十色と考えたいがダンクリアによればそのようなアナーキーではなくて、幾つかの、つまり限られた名がふさわしいタイプに分けられるというのである。これは通常の命名の逆である。まず具体的な顔があってそこに一つの個性を現す名を見いだすのではない。名とそれが現すタイプが先にあって、後からきた顔がそこに照合されるにすぎない[5]。

10. アメリカ文化論覚え書きノート

　人はある年齢を過ぎれば自分の顔に責任が有るとか、名にふさわしい顔になるという言葉がある。それはそれでわからぬではない。しかし比較的若い頃からダンクリアのような想定が可能だと考えるのは、正に我々が見てきた質を量に変える思考の延長である。いささかクイズ的で、単なるお遊びと受け止めれば良いという人もあろう。しかし、お遊びにもせよ、その仮定が成立するという前提はまことに真剣なのである。勿論人種的、民族的なヴァリエーションがからんでいる場合は事情は異なる。例えば、メアリかマリアか、マイケルかミシェルかという場合である。それにしても各性毎に、人気のある名前のランクが有るというのもベストセラーと同じ発想であろう[6]。

☆　この顔は何という名前だろうか　☆

名前と顔が「ピッタリ合っている」と信じている人が大勢いる。次の顔写真に相応しい名前を当てられますか。写真にはそれぞれ、正解の他に3つの名前が余分に示されている。（答え→文末）

[写真1]

ジョウン（Joan）
アン（Anne）
ベティー（Betty）
ドロシー（Dorothy）

[写真2]

ジーン（Jean）
マーガレット（Margaret）
キャスリーン（Kathleen）
バーバラ（Barbara）

[写真3]

ロザリンド（Rosalind）
ジョウアナ（Joanna）
ロバータ（Roberta）
アンドリア（Andrea）

173

[写真4] ウィリアム（William）
フレデリック（Frederick）
トマス（Thomas）
ジェイムズ（James）

[写真5] アントニー（Anthony）
ルーク（Luke）
ラッセル（Russell）
ジューリアン（Julian）

[写真6] レジナルド（Reginald）
テレンス（Terrence）
ブライアン（Brian）
ドナルド（Donald）

レズリー・アラン・ダンクリア『データで読む英米人名大百科』中村匡克訳　南雲堂　1987

女性の好きな男性名ベスト・テン	男性の好きな女性名ベスト・テン
1位　デイヴィッド〈聖・ダビデ〉	1位　スーザン
2位　スティーヴン〈聖・ステパノ〉	2位　サマンサ
3位　ポール〈聖・パウロ〉	3位　キャロル
4位　マーク〈聖・マルコ〉	4位　リンダ
5位　アダム	5位　ジェニファー
6位　ロバート	6位　キャサリン
7位　リチャード	7位　アマンダ
8位　マイケル〈聖・ミカエル〉	8位　ケリー
9位　クリストファー	9位　クレア
10位　フィリップ〈聖・ピリポ〉	10位　ナタリー

第三の例は本間長世『アメリカ文化のヒーローたち』(新潮社) から取ろう。先に見たスポーツ、映画あるいは政治家までが文化英雄になるのはある程度予測がついたかもしれない。しかし本間氏が取りあげる一章は画家に与えられている。画家も伝統的で本格的な画家ではなく、むしろマージナルな挿絵画家である。ノーマン ロックウェルがその一人であるが、このような現象を可能にしたのは文化の量的生産の結果である。既に述べたように量的生産の前提である大量消費はその世界にどれだけの大衆を動員できるかに懸かっている。そしてその大衆動員には大量宣伝、マスコミの影響力が不可欠である。挿絵画家の活動はジャーナリズムや宣伝活動の重視とともに発生したと言える。勿論ここでも扱う画題が庶民の日常生活にあるということも重要である。そのことは小説が登場したとき市民ブルジョアジーが従来の詩や劇の主人公の王侯貴族、美姫英雄に満足できず、自分達の、自分達を描いた文学を要求したのと同じ動きと言える。しかしそれだけでなく、マスコミ ジャーナリズムの確立という条件整備がまずあったということは無視できない。

 ロックウェルについて、本間氏は二次大戦の前線に出られぬ彼が戦争遂行に協力するためにローズヴェルトの「四つの自由」をポスターにしたエピソードを述べている。当初は興味を示さなかった政府であるが戦時情報局がポスターに採用し全国に展示することによって国債の売れ行きを延ばしたという。ここにはポピュラー (mass) 文化の強さと弱さの教訓が見事に現れている。つまり数の力が効果を発揮する局面と無定見にあるいは一時の感情の赴くままに動きやすい「世論」という怪物の面が[7]。

 最後にもうひとつ例を挙げるのはアメリカ社会がいかに実業に熱心でそれの教育とシステム化に関心が強いかの証拠である。女性や子供が経済活動に関心を向けるようにするのは新しいターゲットの方向を示しているが、それのみでなく、ここに見られるのはシステム化により、従来行き当たりばったりに処理されてきた問題がより合理的に効率よく解決されるという信念である。やや古い資料になるが Rosalie Minkow: *Money Management for Women*（Playboy Paperback 1981）はその書き出しを所得者としての女性の実力を誇示することから始める。

＊女性の生命保険保証金総額は1970年から1976年の間に2000億から3800億ドル、つまり90％の上昇である。
＊個人アメックスカードの女性所有者は六年間に171％増、つまり1972年の70万人から1978年の190万人になった。
＊ニューヨーク株式取引所によれば女性は成人の全株主の50.3％を代表している。約1200万人が株もしくは開放型投資信託株を所有している。
＊合衆国労働省の言うところでは女性は労働力の約半数であり、家にもちかえる所得は毎年2500億ドル以上になる。
＊大学への登録者は今や50％が女性である。
＊女性は毎年ほぼ5000億ドルの支出を左右する。(p.10)

十年以上前のこの数字は今日（1994年）更に大きくなっているのは間違いない。それにしてもこの書物は女性に家計の合理的操作を教えつつ、税金・借入・投資・保険など資産管理について有能になることの道を示し、積極的に社会の経済生活に参与することを説いている。

もうひとつのボニー＆ノエル ドリュー：『小さな企業家立ち』（井上健訳、丸善）は子供に企業的センスを身につけさせるものである。そこでは身近な一つの職種を選びそのネーミングからオフィス用品の購入と準備、広告、サーヴィス、成功のための心がけなどが与えられる。それのみではない。いわゆる'キッドビジネス'として100の職種を挙げ、準備の手順、アイデア、サーヴィス、成功へのステップなどが提供される。「＊＊の100＋＋」というのは「成功の7箇条」とか「＋＋の3要素」などと同じく既に我々になじみのまとめかたである。

両者に共通しているのは、そして総てのハウーツウ（how to）もの、自習・独学書に共通しているのは、経験を単純なパターンにまとめそれをノ

ウハウとして商品化していることである。正にノウハウとは知識の商品化の別名に過ぎない。そして商品化は勿論規格化を前提としている。それは物質のみならず精神の分野にも大きく進出しているのが今日のアメリカ化の実状である。

　近代化という言葉はハジョーの定義でも見たようにいま再考を促されている。またそのような努力は益々強まっていく、いな強まっていくべきである。にもかかわらず、今まで現象させられてきた歴史は消えない。その限りで歴史に刻印された様々な近代化の特徴について必要なものは不要なもの・否定さるべきものからきちんと選別されて引き継がれてゆくべきである。アメリカニズムというのは幸か不幸か一つの国名を冠せられてしまったが、その特殊な条件を越えて現れる歴史現象として益々多様な相貌をみせるであろうことは論を待たない。

注
1) アメリカ社会学者はこの20年代のアメリカの発展の分析に目覚ましい成果を上げた。フレデリク・アレン、ピーター・ドラッカー、J. アレン・スミス、ヴァンス・パッカードなど邦訳でもよく知られている。一つだけ挙げるとすればやはりアレン:『オンリー・イエスタデイ』(研究社 1975)であろうか。
2) アメリカ大衆文化の中で発生した英雄達、庶民の理想像、あるいは愛すべき文化伝統の人気者については後に挙げる本間長世『アメリカ文化のヒーローたち』とともに亀井俊介『アメリカン・ヒーローの系譜』(研究社 1993)が必要な紹介の条件を総てみたしてくれる。どちらかと言えばこの2冊は伝統的・古典的アプロウチであるが、もっとポップ・カルチャーのエネルギーにふれたいむきには清水友久『アメリカの大衆文化』(明石書店 1992)がある。
3) 亀井(編):同書 pp.244-5

アメリカン・ベストセラー小説

(1963—91年の毎年ハードカバー上位2選、但しイギリス人の作品も含む)

年	書名,著者名
1963	1. *The Shoes of the Fisherman*, by Morris L. West.
	2. *The Group*, by Mary McCarthy.
1964	1. *The Spy Who Came in From the Cold*, by John Le Carré.
	2. *Candy*, by Terry Southern and Mason Hoffenberg.
1965	1. *The Source*, by James A. Michener.
	2. *Up the Down Staircase*, by Bel Kaufman.
1966	1. *Valley of the Dolls*, by Jacqueline Susann.
	2. *The Adventurers*, by Harold Robbins.
1967	1. *The Arrangememt*, by Elia Kazan.
	2. *The Confessions of Nat Turner*, by William Styron.
	2. *The Chosen*, by Chaim Potok.
1968	1. *Airport*, by Arthur Hailey.
	2. *Couples*, by John Updike.
1969	1. *Portnoy's Complaint*, by Philip Roth.
	2. *The Godfather*, by Mario Puzo.

10. アメリカ文化論覚え書きノート

1970	1.	*Love Story*, by Erich Segal.
	2.	*The French Lieutenant's Woman*, by John Fowles.
1971	1.	*Wheels*, by Arthur Hailey.
	2.	*The Exorcist*, by William P. Blatty.
1972	1.	*Jonathan Livingston Seagull*, by Richard Bach.
	2.	*August 1914*, by Alexander Solzhenitsyn.
1973	1.	*Jonathan Livingston Seagull*, by Richard Bach.
	2.	*Once Is Not Enough*, by Jacqueline Susann.
1974	1.	*Centennial*, by James A. Michener.
	2.	*Watership Down*, by Richard Adams.
1975	1.	*Ragtime*, by E. L. Doctorow.
	2.	*The Moneychangers*, by Arthur Hailey.
1976	1.	*Trinity*, by Leon Uris.
	2.	*Sleeping Murder*, by Agatha Christie.
1977	1.	*The Silmarillion*, by J. R. R. Tolkien, ed. Christopher Tolkien.
	2.	*The Thorn Birds*, by Colleen McCullough.
1978	1.	*Chesapeake*, by James A. Michener.
	2.	*War and Remembrance*, by Herman Wouk.
1979	1.	*The Matarese Circle*, by Robert Ludlum.
		Sophie's Choice, by William Styron.
1980	1.	*The Covenant*, by James A. Michener.
	2.	*The Bourne Identity*, by Robert Ludlum.
1981	1.	*Noble House*, by James Clavell.
	2.	*The Hotel New Hanpshire*, by John Irving.
1982	1.	*E. T. The Extra-Terrestrial Storybook*, by William Kotzwinkle.
	2.	*Space*, by James A. Michener.
1983	1.	*Return of the Jedi Storybook*, adapted by Joan D. Vinge.
	2.	*Poland*, by James A. Michener.
1984	1.	*The Talisman*, by Stephen King and Peter Straub.
	2.	*The Aquitaine Progression*, by Robert Ludlum.
1985	1.	*The Mommoth Hunters*, by Jean M. Auel.
	2.	*Texas*, by James A. Michener.

1986	1.	*It*, by Stephen King.
	2.	*Red Storm Rising*, by Tom Clancy.
1987	1.	*The Tommyknockers*, by Stephen King.
	2.	*Patriot Games*, by Tom Clancy.
1988	1.	*The Cardinal of the Kremlin*, by Tom Clancy.
	2.	*The Sands of Time*, by Sidney Sheldon.
1989	1.	*Clear and Present Danger*, by Tom Clancy.
	2.	*The Dark Half*, by Stephen King.
1990	1.	*The Plains of Passage*, by Jean M. Auel.
	2.	*Four Past Midinight*, by Stephen King.
1991	1.	*Scarlett: The Sequel to Margaret Mitchell's Gone With the Wind*, by Alexandra Ripley.
	2.	*The Sun of All Fears*, by Tom Clancy.

Bowker Annual of Library and Book Trade Information, R. R. Bowker Company, 1964～1992年版をもとに作成

4）風呂本武敏『日米二つのキャンパスより』（神文書院 1992） pp.111-4
　　1987年法王 John Paul II の訪米を機会に NY Times と CBS News が共同でアメリカのカトリック神父に電話で無作為抽出で行ったアンケート。法王の訪米直前の8月24日から9月1日の間にカトリック教会正式電話帳から各州の教区司祭数に対応した数をきめ無作為に抽出してインタヴューした。850人中拒否111、不在122、回答850－111－122＝617。さらにこれは8月のはやい時期に行われたカトリック信者605人の同様のインタヴューと比較されている。

5）レズリー・アラン・ダンクリア（中村匡克 訳）『データーで読む英米人名大百科』（南雲堂 1987）

6）同書

7）本間氏の本書についてもう一点指摘しておきたいのは写真及び記録文化の mass-culture にたいする貢献を論じていることである。30年代という優れて社会的な時代の要請もあって documentary が人気を博したが、そこには大衆文化の一つの特徴としての即興性、話題性、記録性（資料性）、一過性などが集中して現れている。

10．アメリカ文化論覚え書きノート

参考文献

レオ・ヒューバーマン(小林・雪山 訳)『アメリカ人民の歴史』上・下(岩波 1954)
　　　古典ちゅうの古典の本書はアメリカという広大な土地にはいかに多様な金儲けの機会や材料が転がっているか、あるいはいたかをおしえてくれる。開発・産出・輸送・法令・金融どれをとっても、ほんのすこしの才覚でも人に先んじる事により、また歴史的に時宜に適ったタイミングにより、途方もない財産を築いたのである。

秋間浩『アメリカ200のケーワード』(朝日選書 1991)

木村正史『アメリカ地名語源辞典』(東京堂出版 1994)

佐伯彰一『大世俗化の時代と文学』(講談社 1993)
　　　本書は直接アメリカ文化を扱ったものではないが著者の専門の日米文学の積年の思索から考えられたグローバルなアメリカ化現象論と言える。

あ と が き

　まえがきに書き記したように、これらは聴衆を意識したものである。しかしそこでの質疑・応答の議論を踏まえて改訂する作業は経ていない。最近の workshop 的な生成過程を重視する研究発表を考えれば、最初の発表を一種完結したものとする考えはもう古いのかもしれない。書かれたものといえどもその背後にそれを越えて生き延びる個体があり、それは常に生成変化を免れない。むしろそのように考える方が自然であろう。とすればこれらは半歩の連続でついに一歩とはなり得ない記録に過ぎないかもしれない。別に急ぐ必要もなかったが、「時間を置いて考え直す」ということに自信が持てなかったのが本音かもしれない。

　それにしても書かれたときや話された状況はそれぞれに心に残る経験であった。昔スティーヴン・スペンダーがオーデンと自分の記憶の型の違いを述べて、オーデンが一字一句を間違えず記憶しているのに対し、自分は一遍の詩の書かれた状況・機会をよく覚えていると書いた。記憶の型はそれぞれであろうが、時々に受けた人の厚意は忘れ難い宝物である。それは詩人が一つの経験の形象化に成功するのに匹敵する経験である。以下にその機会を記しておきたい。

1）文学から文化論へ
　　1999年3月神戸大学国際文化学部退官講義
　　　「文学研究から文化研究へ」（神戸大学「Kobe Miscellany」no.25）
　　10月30日第10回韓国 Yeats 協会講演（英文版）
2）ヴァーチャル・リアリティとメディア・リテラシィ
　　　2000年6月　　「日本の科学者」35巻6号はこの要約
　　映像化の弊害に思う
　　　2001年7月　　「心泉」7巻73・4合併号

仮想現実に現実変革の活力を吸い取られてはならない
　　　　2000年1月31日「非核」(兵庫) 53号
3) 日本英文学研究の回顧と展望
　　　　2000年5月20日　新日本英文学会講演
　　　　2000年11月25日　「New Persupective」127号
4) アングロ・アイリッシュ文学の教訓
　　　　1996年10月　韓国 Ycats 協会講演 (英文版)
5) ケルト・アイルランド文化の映像性
　　　　2001年9月20日　愛知学院大学「人間文化研究所所報」27号
6) 分析的精神の規定性──イェイツ詩を読む悦び
　　　　2000年10月7日　日本英文学会北海道支部大会講演
　　　　2001年3月10日　愛知学院大学文学部紀要　30号
7) イェイツの政治性を考える
　　　1．少数者であることの栄光　英語青年135巻7号　1989年10月
　　　2．詩の政治性理解のために　日本イェイツ協会会報　No.20（1988年6月）
　　　3．イェイツの政治再考　日本イェイツ協会会報　No.22（1991年10月）
　　　4．民主主義の成熟のために　兵庫のペン　33-4合併号（1990年5月）
8) リチャード・ホガート論
　　　　2000年10月13日　愛知学院大学教養部言語研究所講演
　　　　2001年9月　愛知学院大学人間文化研究所紀要「人間文化」16号
　　　リチャード・ホガート雑感
　　　　2000年12月20日　愛知学院大学「人間文化研究所ニューズ・レター」26号
9) 幸・不幸の感覚
　　　　1997年1月　IASIL Conference at New Southwales Univ., Sydney (Eng.)
　　　　1998年11月16日　甲南大学英文学会講演 (日本語版)

10）アメリカ文化論覚え書
　　　1994年11月　神戸大学国際文化学部紀要「国際文化」no.3

　終わりになったが、溪水社の木村逸司社長には不備な原稿の打ち直し、追加補正、装丁その他こういう余分な仕事に付随する、多分筆者の知らないご迷惑にもおすがりすることになった。また同社編集部坂本郷子さんには厳密な校正で幾度も助けられた。ここに記して感謝したい。

著　者

風呂本　武敏（ふろもと　たけとし）

昭和10年6月9日生れ
愛知学院大学文学部教授
元日本アイルランド文学協会会長

編　著

『アングロ・アイリッシュの文学——ケルトの末裔』（1992年、山口書店）
『W.H.オーデンとその仲間たち——1930年代の英国詩ノート』（1996年、京都修学社）
『土居光知　工藤好美宛書簡集』（編　1998年、溪水社）
『ケルトの名残とアイルランド文化』（編・著　1999年、溪水社）
『近・現代的想像力に見られるアイルランド気質』（編・著　2000年、溪水社）

半歩の文化論
——主にイギリス・アイルランドを中心に——

平成14年10月1日

著　者　風呂本　武敏
発行所　株式会社　溪水社
　　　　広島市中区小町1－4（〒730-0041）
　　　　電　話　(082) 246-7909
　　　　ＦＡＸ　(082) 246-7876
　　　　E-mail: info@keisui.co.jp

ISBN 4-87440-713-7 C3098